生命中最重要的一年

よしもとばなな　だれもの人生の中でとても大切な1年

吉本芭娜娜

陳寶蓮 譯

目次

Banana's Diary

2011,1-2011,12

1,1-3,31

2011年1月1日

新年快樂。

「一起睡時，就知道這孩子乖。那種無法形容的愉悅氣氛、讓整個房間變得清新乾淨的天真睡姿。」

爸爸說，這就是所謂的愛孫阿公吧（當然……）！

可是，小不點早上獨自起來，別人都還沒起床，於是mail給我：「媽媽，我好寂寞哪！」心口一緊。

1月2日

有一點小爭執，也認眞談過，但是爸爸對我的說法，只平常的表示「是這樣啊？」便不再說話，姊姊接過電話說：「唔～，適才適所。」眞奇怪。雖然彼此都認眞得快要哭了，怎麼還能那樣搞笑？這個血統毀掉多少朋友，算不清了！

總是某一天突然因爲他們「講話那麼過分，一點也不像在開玩笑」，而保持距離，可是，爸爸和姊姊覺得很平常。我只想對跟我說「不都已經習慣了？」的人說抱歉……。

小不點今天住爺爺家。晚上想輕鬆看部電影，明明要下載《慾望城市》的，不知怎的，下載了《第九禁區》，半夜三更，獨自看著誇張四竄的傻瓜接觸野蠻的地球人，心情黯淡。

1月3日

先繞去藤澤Sanchi看看，再回娘家。單身男人群聚的悶熱空氣中，只有穿著和服的瑠璃，清涼耍寶，滿好玩的。她算是親戚中的春田桑。年紀輕，耍嘴皮的工夫已達名人藝的境界！度過一段愉快的時間。

1月4日

小不點跟很多人說「不要硬幣，要鈔票！」拿著搜刮而來的壓歲錢去Kiddy Land。因爲是臨時店鋪，人多到爆，擠得頭昏眼花。原宿沒有Kiddy Land，總有不足之感。所以不管他多大年紀了，去時都很高興。

我也不覺走進這世上所有名牌中最喜歡的egg，敗了今年第一筆……，雖然剛剛才看了億萬富翁去GAP那本書！

1月5日

才談到那個人，就在不可能相遇的地方迎面碰上，大吃一驚！

去年就是「突然碰到阿強後，又和順子不期而遇」，今年又同樣發生。雖然人還健在！但感覺今年會有大事發生。看到他的那一瞬間，我這麼確信。

Hirochinko＊生日，要吃涮涮鍋，買了許多紅肉，山西君也在，大家快樂吃喝慶祝。我再次覺得，稻庭麵，我喜歡袋裝的短麵甚於盒裝的……。

1月6日

有點感冒的徵兆，安靜待在家裡，還是忍不住動手打掃房間。

小郁來了，小不點很高興。他在學校好像很累，無精打采地回來。是寒假過得太舒服了嗎？他也跟小郁要求「不要硬幣，要鈔票」，但拿到兩個五百圓的硬幣……。

1月7日

事務所開張。

＊作者對先生的暱稱，本名田畑浩良。本書擬將片假名以英文羅馬拼音呈現。

大家興奮地工作，好的開始。鈴木也在，有走運的感覺！不過，實際展開後，發現新的作法有很多不合宜的地方，試行錯誤中。也更加知道，有像早苗那種靜靜認真的基層員工，多麼感恩啊。

Taki買來鮮花，整理多處，只要他在，空氣變得清淨，眞是求之不得。

沙織檢查、研究郵件到深夜，默默感謝。

櫻井會長打電話來，我緊張應對後，換小不點上場，「嗯、嗯、是啊，再見囉～」。好自在!!

1月8日

目前在寫的小說，處理的主題看似很輕，其實很重，我試著從各種角度來寫，從早到晚，利用空檔，絞盡腦汁對付它。但一點也不痛苦，還是很快樂。我想，搞發明和做研究的人，肯定每天都是這種心情吧。雖然有想更深入探討的事情，但最重要的還是照顧活著的人。面對面談話的時間。我要做的事情不只是寫作。現在，塑造孩子的身心爲優先。

在書寫不易理解的場面時，眞的有一段頭腦鬱悶、心情磨蹭、沒有自信、連起床都痛苦的時期，但是用力忍耐、熬過以後，多半可以看到未知的景色。可是，弄到腦袋刺痛、眼前發黑的情況，那就撐過頭了。我寫書的時候總是想，凡事都要保持平衡。人生也一樣。偶而想到取材時的趣事時，也會呵呵笑，有著意外的放鬆時間，所以，看起來還不要緊。

實在太累時，就去煮咖哩逃避，爲了用人家送的新加坡香料做出類似馬來西亞一帶的那種味道……下了各種工夫，總算成功了，很辣！全家人吃得大汗淋漓，好爽！

1月9日

美雪過來，一起去做泰式按摩。

身體冷得緊縮，按摩時雖然很幸福，但其他時候都感覺冷！兩個人喊了快一百遍「好冷！」輕快地跳著步伐回家。

這些年，多半在印尼看到美雪，看到她時都穿著南國的服裝。在東京看到她身上的羽絨衣、圍巾和帽子，非常不搭嘎的感覺！

1月10日

去參觀小不點可能轉讀的學校。

感覺他現在的學校，英語教學已到限界，雖然很喜歡，但漸漸應付不了他了。做這種決定，眞的很累&爲難。也費心。

這間學校感覺相當好，雖然也有瑕疵，但很有趣。

小不點立刻交到朋友，開始玩耍，好幸福。

雖然抱著只要活著就好、只要健康就好的想法養育他，但不知不覺中，做母親的還是有所期待。我一直想，即使不上學也能身心健全地活著就好。雖然希望他為了將來而做些必要的學習，但如果能讓他看到父母認真努力的背影，那就沒問題了吧。

做了母親後，我端正自己的生活態度。以前除了專心寫作、其餘時間都是吃飯喝酒的我，完全變成大人了。在生活之中察覺自己長大，很好。

和路過的早川喝茶，新的人際關係，令人興奮。

上個月以前還不認識的人，如今不期而遇，交換資訊。

累壞的小不點吃掉一鍋關東煮，嚇我一跳。必須隨時煮好飯菜伺候的青春期男孩所製造的父母地獄，等在前面不久了！

1月13日

沒吃早飯就去醫院抽血，檢查費八萬日圓，大驚！是汽車檢驗嗎（笑）?!

結束以後，和蓮沼去吃的HASHIYA義大利麵超美味！

血液不足，搖搖晃晃去上Hula。因為是Ho'ike（Hula的發表會……）的舞蹈，雖然等下只能上一點點課，我也決定要學會跳。

1月14日

太極拳。腰部稍微好了些，所以慢慢練習。

大腿發脹。

老師放慢步調教我，途中他瞄一眼手錶的動作非常俐落帥氣，果然是高手。眞正的高手都不驕傲，總是謙虛。

晚上爲《橡子姊妹》*慶功，到平常去的燒肉店。和新潮社的朋友共事告一段落，想到以前常常見面，突然感到好落寞。像要驅散我那份心情似的，小不點狂歡大鬧，獨占女生玩動物象棋，自在地把棋子塞進喜歡的女生胸部口袋深處，讓男生羨慕不已。

中島好久不見，眞～的好高興。越來越像個好爸爸、好男人，我總在想，如何才能那樣辛勤工作還維持這般瀟灑？

還有，親君既然那麼喜歡共濟會（Freemason），爲什麼不加入呢？他的家人、女友和朋友應該都在想，你盡快加入吧，好冷卻那股狂熱……。

1月15日

在Hula班的麻美家舉行手捲壽司party。

非常非常非常漂亮的家，我緊張得拉著小不點，只讓他在半徑三十公分的範圍內移動，但他還是把薑汁汽水灑在白地毯上。於是我和小郁、甚至連那家人，都覺得無所謂了，放開心情吃喝，連魚子醬都打開來吃時，小紀、順子、美娜、Hirochinko陸續來到，包捲鮪魚等，好好吃！

在看麻美的婚禮DVD時，她先生慇勤招呼大家，小不點也興奮度過快樂的時光。

小紀趕不上終班電車，也因爲是週末，於是住在我們家，興奮過度的小不點撐到最後的最後，想跟她一起睡，看她洗澡，結果被Papa*罵。

---

* 

陳寶蓮／譯。繁體中文版／時報出版　二〇一二年。

* 書中Papa大多指的也是作者的丈夫，小不點的父親。親君是指知名攝影師鈴木親，中島則是知名設計師中島英樹，負責《橡子姊妹》日文版書封的裝幀設計。

1月16日

早上一說「小紀要回去囉」，小不點猛然翻身起床。多單純啊！男人本性！

一起吃咖哩，去UNIQLO，過得悠哉。往常只看到小紀忙著回家的背影，這次能夠優閒留下來，甚至教我烏克麗麗，眞好。常常試著留她過夜，她仍急急趕搭終班電車回去，所以偶而留下來過夜，非常高興。

Taki推薦的《微甜棒棒糖》*看到最後，嚎啕大哭。好棒的漫畫，不愧是少女漫畫王Taki！

爲什麼青春時代這麼苦澀、孤獨呢？不如意的愛情爲什麼那麼哀傷呢？我鮮明地想起全部，感覺快要窒息。我常在想，眞心喜歡一個人時就會那樣。已經非他不可、退到底線了，自己卻還在父母羽翼之下的那種感覺。

Takasama和牙醫一起來娘家，踩背按摩會*。

那位魁梧優雅的牙醫大叔，眼睛異樣地漂亮而大，不時刺激我的笑穴，獨自躲在棉被裡笑到半夜。

1月17日

去京都。

找眞由美出來，去吃串燒。失去愛犬的眞由美看起來好小好可愛。眞由美和我是在澳洲的飯店前認識，一見投緣，變成好朋友，已經十五年了，這段時日，她和愛犬總是形影不離。我深深了解她的心情，雖然只是請吃頓飯，至少能帶給她一點點的幸福時間。

＊日本漫畫家池谷理香子作品，《微糖ロリポップ》，繁體中文未出版。

＊作者稱呼在娘家進行的治療爲「踩背按摩會」（踏まれたい会），治療師「Takasama」是出版多本專著的安田隆。專長導引術、合氣術、腦身心整體療術。http://the-ark-company.com/

1月18日

雖然各種紛擾纏身，還是設法抵達大神神社。

這趟人生中，屬於我的只有Kumu Sandii＊的Hula教室、雀鬼會和大神神社。其他團體和我一切無關，多麼簡單幸福……！可是，這個會的傾向有點隨興。

聆聽稻熊先生的精采祈禱文，想到辛苦的一年終於過去，放鬆得流出眼淚。「抵達了！可以安心了！」的心情，讓我面露微笑。

雖然覺得，長到這麼大，飽嚐人生的酸甜苦辣，被無數的人欺騙、討厭或喜歡，已大抵理解人性，不會再受動搖，LALALA，大家照自己高興生活不就好了？可是，碰到所愛的人有事，當他們受傷時，知道不要多言，放任他去，忍著不說憋在心裡的話或知道的事情而難過得流出熱淚時，感覺自己還有作爲人的可能性。

＊ kumu是夏威夷草裙舞導師的職稱，此人即是日本歌手珊蒂．鈴木，西班牙混血的她於七〇年代中期返回日本出道。對於夏威夷文化的濃厚興趣，她於二〇〇五年順利取得導師資格後更名「Kumu Sandii」。位在東京澀谷區的夏威夷草裙舞學校「Sandii Hula Studio」，目前已擴增橫濱、廣島及沖繩分校，事業相當成功。http://hula.sandii.jp/

1月19日

康平君他們來事務所討論。電子書的趨勢眞的有趣，讓人興奮期待。一起坐船的感覺。

晚上是林先生的聚會。井澤君變得好瘦，好驚訝。他說每天早上跑步。那麼忙，怎麼抽出時間來跑？而且還毫無限制的吃吃喝喝！

想起來，這個人大學時代就是這樣。堅毅、快樂、爲朋友著想，隨興但保守。大夥兒喝了好酒，滿意地回去。

站在夜路上，和林先生等計程車，對面是石原、井澤和我的同仁，很美的光景，都是非常好的人，好想感謝老天爺。

能和你只想讚美的人在一起，幸福！

1月20日

跑去Hula教室，是Kumu代課的日子，忐忑不安！

不過，Kumu一直笑嘻嘻，說明靈歌的背景，讓人深深理解現在跳的舞曲意義，啊，對了，想起以前也都是這樣先花點時間理解歌曲的內容。

時間上、覺得小紀不會來也是當然、正要放棄的時候，小紀翩然來到，好高興，訝異自己會這麼高興。Hula太棒了！不知不覺讓我魂牽夢縈。因爲難得，在小紀的粉絲俱樂部（會員只有兩名）舉行小紀的慶生會part 2。

1月21日

Hirochinko接受訪談「關於健康」。短短的時間內說出非常精采的內容，在眾口交讚聲中結束。果然每天都在現場的人最厲害。正因爲他是心無旁騖、勤奮待在現場的人，我才跟他結婚！

參加KIYOMIN的講習會，幹勁倍增。但在平靜交談的房間裡，貓咪小玉不時晃進來，一下子突然站起來，一下子舔著手掌奇怪的地方，讓人無奈好笑。怎麼回事？那一副放鬆至極的外表。

跳Hula過度，全身肌肉酸痛，但今天是來自印尼、奧克蘭、西班牙、還有宇宙（笑）的客人都聚集在下北澤的稀有之日，盛大聯歡。大家都沒有住在日本的感覺，談得好投機，專心享受愉快的時間。

1月22日

乳癌健檢。猛然想起，唉呀，快去！！！做了檢查。

因爲得了乳癌的朋友嚴肅地告訴我，每年都要做檢查，所以一定要去做。雖然其他還有很多讓人緊張不安的微妙心理疙瘩會縮短壽命，但暫時沒事，鬆一口氣！好醫生就是有某種獨特的氛圍。關於醫生，我好像終於懂了。

因爲太放心，腳步輕盈地去看惠利。

惠利更成熟了，顯得更靈犀透澈，我也不像上次那樣緊張兮兮，能夠平靜地接受療程。最厲害的是，她像施展魔法般準確解讀我現在眞正煩惱的事情。簡直像名偵探！

1月23日

小不點說，要做裝在便當裡的沙拉，就讓他做，但每天早上都這樣搞，他到學校時恐怕已是放學的時候了，不過，越是這種「那有什麼不行？」的心情，越能快樂專注。

邀請勢旗參加同種療法的謝師宴，大家愉快交談。雖然聽了很多衝擊的事情，但不知爲何，絲毫不爲所動。沒說「去做啊」，也沒說「好難過哦」，只是保持中庸心態。對那些登場的人物，我的感情絲毫不變。明天肯定也一樣。

甚至沒有模糊濃膩的感受，只是覺得，自己好像都知道。

重讀勢旗爲我寫的治療報告，那裡面的人應該是我，感覺卻像陌生的人。架構變了……不知不覺中。有種悚然一驚的感動。

1月24日

很早以前就在想，如果壞人、壞事，只是單純地被人「忌妒、討厭極了」，應付起來還很輕鬆。如果眞是那樣，抱著「謝謝你的坦白！我就是這樣！」的想法也好。

大多數時候，是有點像霜降牛肉的愉快感覺，只是，人和人之間，愛憎的程度也會因日而異，有點複雜。

這樣也有好處，全看解釋這方的態度。

但是，假裝看不見那個霜降而活著，那就累了，所以，單純、正直的人喜歡輕鬆。

順路去穴八幡，再回娘家。

爸爸要對家人宣布什麼時，每一次都在樓上呼叫媽媽，總是讓我心口一熱。

1月25日

和蓋瑞共進午餐。百合也在。兩個人都瘦了，變年輕了。

住得那麼遠，難得見面，加上年齡也有相當差距，每次見面，心情都像生離的戰友重逢，眞的很有意思。

或許，在某種意義上，沒有這樣能夠理解彼此人生共同點的人了。

1月27日

看了萩尾望都老師*的《春天的小河》，失聲痛哭。

他怎麼描寫得出這種心情啊？

在某個人死去以前，我們絕不知道他死的時候我們是什麼心情，只盼望會有好轉。可是，當那個人死的時候，我們立刻想著，他剛剛還在這裡的，剛剛還在說話呢！過了一段時間後，又覺得，上星期的這個時候還在一起的，怎麼會？以後再也見不到了。眼前一暗。

那種感覺的沉重，是失戀的一百倍。

那種感覺，他可怕得天才般描寫出來。

＊　日本少女漫畫界殿堂級大師，七〇年代起聲名大噪，至今創作不輟，作品從少年到科幻，題材多元。二〇一一年獲頒第四十屆日本漫畫協會賞文部科學大臣賞。繁體中文版曾出版《沉睡的祕境》（バルバラ異界），目前已絕版。《春の小川》是萩尾望都刊載在少女漫畫月刊《flowers》上的作品。

1月28日

附近有大槻茜*的展覽會，和Taki悠哉走過去看。她的細膩度實在驚人，沒達到自己喜歡的程度，絕不妥協。

心想趕快打包行李，工作一結束，立刻從羽田出發！但因爲火山灰的影響，班機延誤，足足等了三個鐘頭。

和順子在機場的炸物店喝酒聊天，漸漸覺得好像平常的星期六，差點忘記是要去旅行。加上候機大廳又在播放《Tamori俱樂部》，越發像平常的星期六！

不過，我們還是在當地的下午時間到達茂宜島，和千穗、米可會合。

在田野中的獨棟式餐廳吃飯喝酒，然後長途拉車到Hana。路程太遠，有人暈車，繞過漆黑的山崖公路，終於到達旅館。倒頭就睡。眼睛還沒習慣滿天過多的星星。

＊ 大槻あかね，日本插畫家及藝術家。經常舉辦展覽交流她的廣告書籍及唱片包裝設計，以及動畫等作品。與作者是Twitter上的好友。http://www.akanet.net/

1月29日

早起，被眼前的遼闊海景嚇到。暗得甚麼也看不到。但是非常好的旅館。Hana Kai Maui。

茂宜島很美。眞是天堂，光是呼吸就覺得幸福，像在夢境。

發現正是日本的足球賽時間，可是房間裡沒有電視也沒收音機，試著上Twitter看。根據幾個撐到最後的鄉民實況轉播，同一時間知道結果。好棒的世界村！

去逛附近的小農夫市場、長谷川百貨店，散步到瀑布潭，大家把腳浸在水裡，晚上幫順子慶生。

那家牛排館有現場演唱，跟順子說：「請他們唱生日快樂歌好嗎？」順子說：「死都不要」，所以沒提，但是店裡的小姐很厲害，端出生日蛋糕同時，冷不防指著順子對歌手說：「這位Junko生日～！」強迫她接受全店的客人祝賀。正因爲知道她是多麼不情願，我們一陣爆笑。

1月30日

一覺醒來，怎麼會有這種事！

可是不願放棄，仍然要去海灘，公路壞了，於是變成攀崖而下的大冒險。我穿著海灘涼鞋，真怕自己會摔死。緊緊抓著Hirochinko和順子，勉強克服懼高症，卻還有情侶在我眼前，從崖上跳下來……。呼，光是看了就嚇得半死！

我的懼高症只是在尼泊爾做小型登山時那種程度。往上爬時，怎麼艱險都不在乎，等到眼下看得到景色時，就畏縮不行了。

可是景色太美，拚死也想看一下。心想試了真好，再次崇拜拿著大相機、穿著涼鞋、輕鬆前行的千穗*。

在高級的Hana Maui盥洗室認真把腳和身體洗乾淨，去Paia鎮。

黃昏時Surfer & Hippie Town的鬱悶蒼涼感，在各地都一樣。人生美夢的想像。在Mana Foods買了特產和果汁，到Kihei的飯店check in，輕鬆吃著壽司，和千穗及米可話別。很難過。雖然隨時還能見面。

---

* 潮千穗，攝影師，作者的好友，定居夏威夷的日本人。二〇〇五年以前任職索尼唱片音樂部門，拍攝化學超男子、久保田利伸等許多音樂錄影帶。目前她專職攝影並研究夏威夷文化，拍攝夏威夷美景，主要客戶包括鑽石社、中央公論新社等。http://chiholinolino.com/

1月31日

賞鯨之旅。

雖然絕對會暈船，但每次看到浪頭就莫名精神大振的造船工人基因蠢動！鯨魚親子玩得盡興，好棒。充滿畏懼的心。最後，全員進入艙內聆聽說明時，鯨魚親子突然靠近船身，尾巴用力拍打海面，娛樂大家。時機巧得讓我以爲是有人跳入海裡抓住他們的尾巴猛搧？

一邊看拍下的照片，一邊吃牛排、沙拉和順子拿手的乳酪焗節瓜，喝著在地啤酒閒聊，幸福。

2月1日

今天是觀星之旅。

山內來接我們，和其他客人併團上山，因爲還有時間，順便去一下以前叫paniolo（夏威夷牛仔）、現在叫hippie（嬉皮）或New Age（新時代）鎮的Makawao，好喜歡那裡。規模適中，店家也都可愛。Keali'i Reichel的Hula首席舞者也自在地經營一家店鋪，告訴我們：「這個日曆的封面就是我耶！」

接著去Kula，像更清新的輕井澤，空氣中混著花香，清新如夢的地方。草的顏色也像螢光般鮮豔。這裡是天堂嗎？

終於爬上山頂，眺望染成粉紅色的雲海，看著夕陽、看著星星。簡直像做夢的感覺。但是好冷！太冷了！寒意瑟縮中，把一切烙在眼底。

同行的高橋在攝氏零度以下的地方也穿著運動裝，好可怕。打架的話，絕對輸給這種人！不過，他人很親切。

在三千多公尺的高山上，空氣稀薄，吃便當時才知道呼吸困難。

因爲山內聰明，而且經驗過種種好的安排，所以能度過順暢幸福的時間。

2月2日

難得和順子分別行動。

到昨天去過的Makawao散步。小小的嬉皮/新時代聚落，眞是舒適的地方。

走進預感食物會很美味的餐館，眞的很棒，比茂宜島其他地方吃的任何東西都好吃。烹調細膩，味道完美。燉小羊肉義大利麵或許堪稱世界第一。蔬菜清脆爽口，煙燻鮭魚和沙拉也完美。主廚好像不是尋常人物，入選Restaurant 100。

店名叫Market Fresh Bistro。

回來時順路去Paia，在Mana Foods買了材料，回到房間時，順子也在，一起寫卡片給美娜和千春，喝完啤酒，做飯（蒜煎明蝦和鬼頭刀魚），大家一起吃。這種生活眞的好棒。人生必須如此。

2月3日

美香來幫我們嚮導，共度一天。她住在茂宜，我們有很多共通的朋友，沒有初次見面的生分。

先去Iao溪谷游泳，做新春祓禊，再去Kukuipuka Heiau＊。這裡是長年修習Hula的人、得到許可的人，以及必須有嚮導帶領，才能進入的神聖場所。是即使美香剛好有空，天氣也好……等種種條件具備，神若是不允許也絕對進不去的地方。好幸運。

看到美麗動人的景色，感覺神就在身邊，優閒度過。

然後去吃午飯，又去看了Pihanakalani Heiau後，與美香分手。

今天正想著孩子大了會離開、自己以後的人生會怎樣？看到在巴里島和茂宜養大兩個兒子、依舊亮麗生活的她，莫名感到精神振奮起來。

謝謝你，茂宜島。我還會再來哦！

2月6日

美娜在代代木公園的跳蚤市場擺攤，我去參觀。去了一看，想不到那些衣服賣得很好，很驚訝！根本不需要我去捧場嘛！

待在茂宜島好幾天，基本上，只看到大自然和鄉下人，眼睛也習慣了，因此，再度看

＊ Heiau，夏威夷當地神廟，具有願力。目前遺留下來的神廟造型各有不同，當地居民大多仍敬畏爲神聖場所，不對外開放。後文的Pihanakalani Heiau是茂宜島上最大的一所神廟。

到擁擠人群中的奇怪傢伙會怕。精神不對勁的人，失業而變得奇怪的人，不斷找尋獵物的扒手，抵死不承認賣假貨（那也是當然）的人。每個表情都很怪，平常在都市裡也不容易看到這些，再次了解都市的可怕。

晚上和小紀碰面，去Kapono在經堂開的拉麵店「夢龜」。雖然驚訝他毅然結束映象方面的工作，開起拉麵店，但聽說他的夢想是保存過世父親經營的這家麵店味道後，我能理解了。人生任何時候都能改變啊（雖然辛苦）！叫人感動。味道沒話說，非常好吃。流著九州血的我，感覺味道滲入體內。

無意義地去卡拉ＯＫ，果如預期，變成專心聆聽半專業的小紀演唱松田聖子歌曲的演唱會。Hirochinko突然唱起小學時獨唱（這個記憶也夠厲害）的「尾崎紀世彥版《教父》主題曲」。是我們在茂宜島去Hana時還爭論「有那個版本？」的歌，那明明是演奏曲，怎麼會有日文歌詞？

小紀「柯波拉知道嗎？」

這是史上最佳的評論……。

小不點因爲時差失調，像個小瘋子，每個人都被他耗到筋疲力盡回去。

2月7日

去「Say Cheese!」慶祝小不點的生日。這家店是以鄰近地區爲主，有著異樣的藝術系（？）外觀，小不點很喜歡。麻美在這裡打工，他更高興。

跟小舞*說明《神聖迷人王國》是什麼樣的漫畫時，覺得自己太無聊，在人前又哭又笑的。因此，說到「是想吸引女生、耳朵尖尖突起的外星人，和戴眼鏡的光頭學生住在一起，吃炸豬排……」時，自己都有點擔心……！

這家店從正餐到甜點，無一不美味。好吃得肚子都已撐了還想再吃！這家店的主廚和侍酒師都有相當的實力。

可是，麻美帶著美麗的笑容對客人說：「他們叫我說，這個葡萄酒最適合當作第一杯葡萄酒～！」眞讓上司們傷心。

2月8日

小不點八歲。漫長的一段路……。

＊　小舞，知名插畫家大野舞。作者的鄰居兼姊妹淘之一，曾繪製《喂！喂！下北澤》的書籍封面。
http://www.denali331.com/

去他喜歡的大哥哥那家披薩店慶祝。雖然時差失調、半睡半醒的，仍然吃了很多披薩。父母感慨無限！

最近，即使和小不點黏在一起，那種他是我身體延長的感覺消失了。小不點發燒時我也發燒的情況不再。從懷他開始、我們是彼此身體一部分的時期終於結束。也該是做母親的走向自立的時候了。時光流逝……。

2月9日

去KOKOPELI*。感覺身體一時四分五裂，又重新捏塑完好。醒來後，再生似的，看一切都新鮮。好厲害！身體也厲害，運用那種技巧的美奈子也厲害。人啊，眞是要得。

最近，煩惱的事情和小說的收尾工作重疊在一起，過了幾乎不吃不喝的一個月，又因爲想鍛鍊腰部肌肉，去做有氧健身舞（figure robics），結果體重直線下降。唉，雖然胖子還是胖子，但是個肌肉緊實的胖子。這麼一來，吃這件事變得不再沉重，會覺得以前究竟在搞什麼？也不奇怪。健康，這道理很深的。

＊ 作者常去的按摩中心。近自由之丘。http://www5f.biglobe.ne.jp/~kokopeliseki/

2月10日

兩天前完成小說《地獄公主漢堡店》*，交稿。

Taki是最先看到的人，最高的奢侈……。

因爲是依據朝倉世界一先生的漫畫《地獄公主莎樂美》而寫，所以特別告知朝倉老師我在寫這個小說，請他畫封面。當我mail朝倉老師「耶～、寫完囉！」收到老師回信「哇～噢」，感動得流淚……。活著眞好。

因爲嘗試以新的書寫方式來寫，特別耗費時間，亂用腦筋，腦漿差點沸騰。那或許是無法再使用的手法。但是可以稍微持續、提高一點。有這種結果，是自我滿足？還是魔術？對不理解的人來說，只是普通的文章。對理解的人來說，是得到可以看見廣大世界的魔法，但那絕對不是下咒、或者能量性的東西，始終是技巧的問題。

傍晚，去看望陽子，調侃她：「喲！人妻！」把禮物遞給她。可喜啊……雖然生場大

---

*

陳寶蓮／譯。繁體中文版／時報出版　二〇一三年。

病，但活下來，眞的很好。如果在那裡死去了，她不會遇到他，我也不能這樣調侃她。雖然我有想過，也不必爲別人的事向上帝祈禱到吐血的程度，但看到那幸福的模樣時，感覺一切都值得了。

2月11日

雪。竟然下雪了！

身體也驚訝！一個禮拜前還在海裡游泳呢！

陪Hirochinko去辦事，閒逛高島屋，吃遲來的午餐，舒坦一下。工作結束了，眞好。雖然還要整理兩本文庫版的書稿，校對幫雜誌寫的文章，但現在不在手邊，等同沒有（笑）！不管誰說什麼都看不見！

2月13日

和小不點同出同進的時間還有多久呢？他很快就會說「要和朋友玩」、獨自出門去吧。人生的一切都是稍縱即逝。

雖然這麼想，仍在忙著我和小不點的親密約會時，「卡拉卡拉＆Chibuguwa」*的長嶺夫妻突然從沖繩來玩，這麼順利見面，我嚇一跳！

小不點一定要坐在洋子旁邊，我只好和長嶺先生並肩而坐，我跟小不點說：「媽媽和阿哲叔叔很少說話，突然坐在一起，不好意思哦」，他認眞回答：「從今天起多多說話，變成好朋友，不就好了？剛才那樣說，會一直變不成好朋友的。」心想，這小不點，了不起哩！

然後，阿哲繞了一圈Village Vanguard後說：「資訊太多，目不暇給……」最後做出結論：「我知道了，這裡是要一個人來的地方。」奇怪至極。

長嶺夫妻長期著手的工作告一段落，洋子說：「想做好多事情」，阿哲說：「是啊，想好好地玩。」洋子說：「也不能那樣玩啊」，阿哲就說：「錢總會有的，絕對能想辦法的。」洋子微微一笑。在這不景氣的時代，這麼積極、確實的人！我好感動。

祝福這對夫妻。我爲他們加油。

2月14日

針灸。腰部怪怪的，只能緩慢移動。

坐上飛機當時就不舒服，懊惱！

* 位於沖繩那霸市的一間居酒屋。http://bar.ti-da.net/c97314.html

回想茂宜島之旅，想起那天堂般的風景、椰子的感覺、溪谷的濃綠等，覺得好幸福。去茂宜島蜜月時的我，最快樂的是什麼？不知爲何，只想起和順子去洗衣服的情景。黃昏時，小不點和順子拿著洗衣劑，我拿著銅板，一步一步穿過飯店的走廊，洗衣、烘乾，時間差不多時，又拿著空袋子走去，裝回洗好的衣服，疊好，然後做飯的幸福感。

既然只是那樣，好像大可不必專程跑去茂宜，在三茶這裡一起洗衣吃飯就好了，可是，興致勃勃穿過飯店走廊的心情，格外愉快。

2月15日

去見久違的大內，雖然有些顧慮，但實在很累，積極地想，做吧！於是，突然接受氣內臟療法的療程。

大內的功夫又提升了。那種敏銳，還有決斷力。很棒。雖然肚子是我的，但大內好像比我還珍重這個肚子。那種感受傳達於心，感動得想哭。對萬人都抱著這樣的愛心，好厲害。毫無隱瞞的開放之愛。

不過，渾身上下捏得好痛，途中很想踢開做到一半的大內逃走……。

氣內臟療法處理腹部時，本能地產生是生或死的心情，結束以後，感覺像重生一樣。像剛泡完溫泉，或是剛出生的心情。我一直認爲，那個心情才是健康的。

晚上，小紀的粉絲見面會，又和麻美去「Say Cheese!」*。這家店眞的是名店，有這樣什麼都好吃的店嗎？價格也好。因爲有它，都想搬到上原。是期待住家附近會有的店的No.1。

麻美那兩段式結尾的嘔吐故事&不知道父親爲什麼生氣（他明明誇獎我說，你在人前嘔吐，也算長大成人了！但爲什麼我要喝熱味噌湯時，他又像烈火般暴怒呢？）的那段話，太超現實，笑得我眼淚都出來了。現在想起來還會笑。麻美的人生，每一段都很精采，裝滿絕對不讓人失望的故事。

因爲很晚了，和蓮沼一起開車送小紀回去。最近都只在市內打轉，看到夜景，心情舒暢。

* 位在代代木上原町的洋食店，隸屬於「Take-Five」餐飲集團下的餐廳。
http://www.take-5.co.jp/saycheese/yoyogiuehara/

2月16日

與森（博嗣）老師、（羽海野）千花、小郁共進午餐。

暢談這個組合會賺錢哦……之類的有趣對話。能夠靜靜聆聽平常總是被小不點打斷的森先生精采談話，幸福。他可以立即說明變成鉛字、印成書本的品質等一切事項。腦筋怎麼那麼好？頭腦那樣好，怎麼還能活下去？怎會有這樣的人呢？我只是佩服、感動。

千花也是，談吐、服裝、攜帶的物品、文字等，徹頭徹尾是千花的風格，讓人放心。感覺她的一切都散發才華出來……。

會談結束後，剛好結束工作的小紀經過，我們加上小郁，一起喝茶。本週算是紀子週嗎……，因爲是小紀很優閒的一週。我的時差失調人生，常常不知身在何時何處，在某一意義上，也很優閒。我很清楚平常時候的小紀比我忙。我的時間分配總是亂七八糟，連早上做便當這點小事都無法決定！

2月17日

Hula。鍛鍊肌肉力量有效，舞姿可以保持比平常低的位置，很高興。可是，動作非常難，跟著順子做，勉強跟上。在茂宜島時，每天在一起，在這裡碰到也高興。其實旅行後，再怎麼惹她也不介意，帶著眞心笑容擁抱我，害我想哭。

朋友，就是這麼好。

和最棒的同學一起去吃飯，非常快樂。雖然大家各有不同的人生，但下課後能一起去做什麼事，也是上Hula課的最棒之處。

2月18日

果凍突然病危。

還是不敢相信。

因爲是讓人訝異「有這麼好的名犬！」的名犬，從沒想到會失去她。Hirochinko和我淚流不止。是和我們共同生活十六年、擁有太多回憶的愛犬啊……。

帶她去醫院，詢問河井醫生，如何盡我們所能？感謝醫生非常值得信賴的沉著對應。最後並真心鼓勵：「果凍，加油！」

小不點說，我抱著果凍打瞌睡時臉上帶著微笑。肯定做了一個好夢。雖然我吃不下也睡不著。

晚上，本週友情加強中的小紀打電話來，我感動得哭了。這種時候，朋友們都有所顧忌，但在因悲傷而時間停止的家中，聽到喜歡的人的聲音，非常高興。

2月19日

這個早晨最傷心。以往的那些早晨永遠不會來了……。

那持續了十六年、叫醒果凍、催她吃飯、然後去散步的往日早晨。

我和Hirochinko傷心啜泣。果凍雖然還在呼吸、身體溫暖，但已經不能吃飯、也不能散步了。謝謝你，果凍，一直守護著我們。

哭著哭著，不覺出聲挽留：「果凍，哪裡都不要去，沒有了果凍，我撐不下去啊！」

因爲已有預約，暫時出門，在蓮沼和小郁的溫暖支持下，去結子那裡，得到許多很好的建議，回家。Hirochinko也已回家。小不點在家，小郁在，森田也在，像往常一樣的熱鬧星期六，看著果凍的生命消失。我一直靠在果凍身邊撫摸她。果凍原來的爸爸徹君打電話來，果凍已經不能動了，還勉強撐起脖子尋找徹君。快十一點時，果凍的體溫已降低，瞳孔張開，還在硬撐。我知道她在硬撐，哭著說：「果凍，我們說好了，你一定要重生回來，所以，可以了，你別再撐了。對不起，一直不放你走。如果痛苦的話，你就去吧。」話才說完，果凍就斷氣了。在得到我准許以前，她一直撐著。向這優良的名犬致敬。我喜歡這種不辱忠誠的生活方式。

2月20日

果凍不在的早上……。

兩個人只是哭。

Hirochinko出去工作，我則準備葬禮，出門買食材爲朋友做些吃的，吃便當。勤奮而清爽地作業。

蓮沼告訴我要放些鮮花，於是把花裝進棺木。

山西君、Yunkin、小星先到，接著，小紀大老遠趕來，我在小紀面前哇哇大哭後，心情才整理好。大家隨意吃飯時，順子、沙織和Taki趕來。蓮沼也來了。房間一直籠罩在光中，有種高貴生物死去時特有的神聖感覺。

山西君說，處理在家火葬的業者因人而異，有的會漫天要價，如果眞是這樣，就請講價天才的蓮沼出面殺價吧，蓮沼也已待命。可是來的人極好，沒有追加任何費用，擺好殺價態勢的蓮沼說：「英雄無用武之地，讓我這個高手毫無意義就掛了！」（笑）

我覺得這樣素雅的葬禮很好。都是很好的朋友來相送，沒有假和尙，霎時化爲白骨，乾淨俐落。

果凍，謝謝你十六年來的守護。

2月21日

回到日常，還是無法相信。果凍不在了。

早晨，無法相信地發呆。

本來取消的旅行，似乎可以成行了，試著打電話去飯店詢問，房間還在，心想，這是果凍送給我們的旅行，決定出發。

新潟的天氣已經溫暖，但還有積雪，可以賞雪泡湯，只是身體還一直留著緊張。那種防備意外隨時會來、繃得過度的緊張。

也知道自己吃不下的眞正原因。是想捕捉那一瞬間的本能。

看過各種生物，漸漸明白了。死前一天的味道，臨死之前的樣子。這個經驗，或許可以應用在人的身上。

可是，我現在只是悲傷。

廚師端著令人垂涎的螃蟹說：「其實這螃蟹的腳斷了……，」沒等他說完，我們夫妻異口同聲：「完全不要緊！」

2月22日

昨晚和小不點泡湯兩個鐘頭的關係，醒來時有點頭暈。吃了好久沒吃的早飯，也泡過晨湯。有徹底休息到的感覺。又想著，能夠的話，好想照顧她更多一點時間。

體內好像還有果凍，安靜不動。

早上，果凍的飼養業者打電話來說：「很長壽幸福呢，可見得到相當多的關愛。」我又哭了……。

2月23日

不同於平常，事務所內都是女生，粉味薰人。來幫忙的會計師露出前所未有的幸福表情……。可是，稅金是難以相信的高。

沒有的東西也不能繳交啊。

勝俁君順路過來，喝茶，最後被小不點纏住，走不了。想睡的我不知不覺睡著了，醒來時，他還被抓著玩，是個好人……。

2月24日

看完森博嗣先生的《關於自我探索與樂趣》＊。

內容直截了當，很精采的書。

從任何角度來看，都像用鐵板組裝好能夠流暢說明的想法，但具有隨時納入更好想法的柔軟性，這點很好。不隨便讓人抱著希望，而要人腳踏實地，這點也好。

晚上去**Hula**，**Kumu**也在，流淚爲果凍祈禱。同學也都誠心陪伴，感動得眼眶含淚。**Kumu**說：「得享天年，眞的是可貴、美好的事呦！」這句話一直在我心中迴響。

長期持續**Hula**，剛開始時心中還畫上一條線，是「因爲取材」，但是夏威夷的工作結束後，覺得自己喜歡在那個地方。因此，我現在打從心底願意站在**Kumu**身邊，支持我們這班。給我生平第一次眞正心有所屬的幸福，我要對**Kumu**和所有**Hula**姊妹們說，謝謝。

和順子、麻美去吃燒肉，感覺活力終於回到體內。眞的感恩。

＊ 作家森博嗣是作者十分敬重的前輩，此處是二〇一一年新書，書名《自分探しと楽しさについて》（集英社），繁體中文未出版。http://www001.upp.so-net.ne.jp/mori/

2月25日

小不點學校的開學指導。

煩惱他以後的英語成長，心想必須換學校了，但小不點決定加油反攻。老師們今年也積極，氣氛很好。

晚上回娘家，睽隔多時的家庭聚餐。想到現在是超低調穩定的爸媽，最後的幸福時光，雖然感到難過，但有沒有這個時間，大不相同。

「讓孩子看著父母衰弱而死，是父母給子女的最好禮物，所以，你也要長壽，讓孩子看到。」我眞的完全理解爸爸這段話的意義了。

2月26日

日期搞錯一天，行程開天窗。

振作呀，我！

猛然察覺是明天才有事，空出的時間便來看《生死接觸》。很棒的電影。我沒得挑剔。因爲片子裡描述的出版、TV、靈性世界、有兒子、最近心愛的狗死了等等所有業界，我無一不屬，訝異其描述方式的眞實，甚至以爲「這是爲我拍的嗎？」見過太多的假人後，眞心顯得那麼深刻，有了那樣的感覺後，痛徹了解往常在小酒館裡不能做業界人士的隔閡感。

音樂也優美！

那個導演是天才，甚至覺得他當演員的那段期間是個浪費。好想多看一部他拍的電影！

帶著滿腔感動，去Cressonniere吃晚飯。那家店在附近，是每天都想去的店。冷淡中帶點溫馨的感覺，就是巴黎啦！

2月27日

櫻井會長邀請，去看甲野先生（野生的動物?!）。

他是老公那邊的人脈，是間接關係，但和運用身體的安田先生、內田先生有關係，感覺不像第一次見面。

我坐在前席，親自嚐試被刀砍的滋味，甲野先生的兒子教我看護時扶持病人站起來的方法，近身觀賞柔道寢技高超的人，驚訝他腰部的柔軟度，學到很多。眞正的劍，很嚇人。以前只看過穩穩放在別人家壁龕上的劍，這次有機會一試，第一次感受到揮劍時的懾人氣勢、美感及神聖。

以前看了太多古裝武打劇，有著刀一落、人即死的印象，但現在覺得，實際上肯定是慢慢死去。刀鋒劃過脖子的感覺，只有身體逕自反應，心沒有跟上。我努力忍著不往後退。直到現在，甲狀腺兩側還留著奇異的感覺。身體還在驚嚇中，瞬間那麼接近死亡。其實會長早已看穿我想退後一步。

坐在前面，靜靜觀察眾人，發現雀鬼會*的人和一般人的表情明顯不同。一方是已經擁有的滿足表情，另一方是尋求所缺的探索表情。不是眼饞的意思。雀鬼會的人那種因爲已經擁有、你要多少儘管拿去的大方表情太燦爛，令人感動。

那也是因爲會長的大度能容所致。當上會長後雖然緊張，但另一方面也湧現驚人的力量。那種此刻快樂、怎麼樣都無所謂之中、仍保有極細微判斷力的敏銳感覺。那是用身體體會的過度收放都攸關性命的平衡。

雖然這裡沒有厲害的人，但以前，這個行業和謎樣的頭子遍布城鎮，這些帥氣不羈的頭子們除了非常時期，平常並不來往，帶著各自的小弟爲各自的城鎮做種種事情，民眾會給他們送東西，當日的食物和用度總會足夠，只要上門，總會有粗陋但溫暖的招待。眞叫人懷念啊。這是日本文化中最重要的部分，這樣說，或許並不爲過，所以很想把它留下來。如果是女人來做，會成立孤兒院，企業來做，就要募款籌資，所以，還是現在這種形式最好。

2月28日

接到櫻井會長讓人高興的電話，早起就緊張……努力做好下北作家支部長！

＊ 知名麻將同好會，會長是下北澤出生的漫畫家櫻井章一，曾在五〇年代後期在牌桌「代打」二十年不敗，人稱「雀鬼」，由此發展出許多小說漫畫電影，令他聲名大噪。退休後他成立「雀鬼會」，提升技巧也指導後進，他並有著作在台出版。作者與雀鬼會及櫻井章一雖然是好友，但根本不會打麻將。
http://www.jankiryu.com/jankikai/

被甲野先生用刀斬過（笑），感覺身上多餘的東西都消失了，非常清爽。但是，很冷，難以相信的冷，都下雪了。

走在雪中，請教抱怨始祖蓮沼有關抱怨的祕訣。

我「我覺得那件事可以抱怨一下，因爲我有道理。」

蓮沼「不能去想道理什麼的！因爲抱怨時跟道理沒有關係！」

唔，這條路遙遠且深邃……。

在銀行試著小小抱怨一下，他們好像已經習慣，只顧著向我推銷投資信託。沒那個錢啦！看存摺就知道吧！我更小聲的抱怨時，旁邊的歐吉桑露骨地對承辦小姐說：「今天這個也找上次那位負責的小姐吧，因爲我喜歡她，哪、就是她。」嗯，眞不敢相信可以這樣做，我還差得遠了（？）。

3月1日

難過的二月終於結束。

明顯失去很多，也得到很多重要的東西。多麼激盪的一個月。

我不再回顧，也不過度緊握得到的東西，只想溫暖、小心地培育。

腰部怪怪的，去做羅夫按摩*。做到一半，頭痛得厲害。一定是果凍的事導致的緊張。類似「在我打瞌睡時她可能死去」的緊張感，搞得我後來睡覺時也必須摸著果凍身體的某個部位以便察覺異狀。其實，名犬不需要那樣啦。人類自以爲是。

到Hirochinko工作地點附近的時髦服飾店買常用的洗髮精，空蕩蕩得嚇人。店員也陷入「你買什麼都好」的氣氛裡。

店員「我們下次會推出無香料的洗髮精，到時也請您惠顧。」

我「可是，這個洗髮精的天然香料味道很好，我不需要那種耶～」

店員「是啊，最重要的是味道！」

* Rolfing，一種深層組織的按摩治療法，又叫做結構整合法。創辦人羅夫博士（Ida P. Rolf〔1896-1979〕，認爲肌肉緊繃累積長年的情緒，它徹底改變受試者的肌肉緊繃狀態，患者會感到疼痛，但是成效相當大。全球大約僅有一千五百名合格治療師，作者的丈夫即是其一。http://www.rolfinger.com/

總覺得看不清一切、無法解決而擔心。此刻，或許所有的商店都這樣無所適從。現在再不改變方針，更糟的情況在後頭。

不景氣的關係，大家開始有點覺醒。衣服是不買也可以的東西。

3月2日

和「支援婦女會」（Otasuke Women）*的眞美、小舞共進結業午餐。但是，她們還是會去跳蚤市場，感覺是只有我結束了。久久相會一次，都是女性&以各種形式創業&經歷企業，如今仍以自由工作者立場奮鬥的人，彼此激勵，度過愉快的時間。

我們抱過彼此的baby。今後也會快樂談論各自的小孩。我們各自擁有的不同風格，讓我們各自比當初相見時更堅強。

小不點在現在這個學校太輕鬆快樂，決定不要轉學。他朋友很多，突然變得喜歡讀書，願意留在教學嚴格的這間學校。要是我，絕對選擇輕鬆。上次參觀的學校隨時可以受理轉學，直升高中，升學進路暫可放心。湘南也不是不能通學的距離。

*「お助けウーマ」，芭娜娜好友們成立的公關公司，爲婦女及女性客戶做公關宣傳活動。
http://www.otasukewoman.com/

小不點是早產兒，但沒有延誤就學，不是優等生，也不是劣等生，說起來是踏實型，每天乖乖上學做功課。養出這麼認眞的孩子，有點失望。雖然夫妻都工作，但覺得陪孩子的時間很重要，幾乎每天都在家做飯吃。沒有其他的生活方式。

任何職業的人，都只能每天工作、認眞生活。沒有其他的路。沒有時間聊別人的八卦。拿著抹布擦擦抹抹，對身體也好。雖然沒有樂趣也不花稍，但很可貴。凡事都不懼不退，樸實但美好的每一天。

3月3日

接到驚人的電話，某個相當大的公司突然倒閉。在我直接和他們交易前。幸好，可是員工難過了。前些時，我們買了二十個大福，現在買不到了嗎（笑）。艱困的時代……只有更踏實前進。

Hula。因爲腰部感覺微妙，夾在首席舞者中間跳，整個來說，很緊張！可是，非常高興。活著，就會經歷各式各樣的事情。既然不會打麻將也加入雀鬼會，那就努力爭取Hula舞者的身分（喂，作家怎麼了？）囉！

順路去上週也去過的燒肉屋，前一陣子空蕩蕩的，現在客滿。大家以孕婦爲中心，勤奮烤肉，一邊說黃色笑話，一邊吃。總是覺得吃炭燒雖然過癮，但是很忙。

3月4日

完成短篇，交稿。覺得要出一本不～愉快的短篇集。

矢野寄來一封難以相信的感動文章，抱著「這個人以喜歡的事情爲工作」的當然感慨。加藤木也一起掛名。現在的「新潮」氣勢，哪一天又會變成別的形式。因爲只有現在，大家都積極。想讓大家確實看到那點。

踩背按摩會。Takasama迅速調整好爸爸，佩服。Takasama和爸媽的日子不久以後又會變成別的型態。只想享受現在。

3月5日

閒逛跳蚤市場，小舞、勝俣和Taki一起開店，這三人的組合，絕妙得不知怎麼說。是天然？天才？還是童話？……感覺來到藍色小精靈的村莊。如果可能，好想和這些人在深山一起生活。

旁邊是「支援婦女會」的眞美和小女孩、小男孩及天才主婦一起賣野外服裝和陶器，這才是眞正的跳蚤市場，以爲自己身在舊金山……！

晚上去聽Eagles的演唱會。是寫出這麼動聽旋律的人啊！聽得入神，可是，每次看到Don Henley，都猛然一驚，這是人形布偶嗎？雖然身軀那樣龐大，還是一邊打鼓一邊唱歌……奇怪得讓我印象深刻。和Hirochinko、小紀去一蘭。不過，聽完演唱會後來這家店，感覺太過於個人化，喝了茶，終於放鬆。

3月7日

和加代去工作室參觀星期一的課。

接觸Mahealani老師的親切教學方式，怎麼說呢？像溫柔細雨淋在身上的愉悅氣氛。不提高聲調，只是細細地溫柔低語，卻充滿了鼓勵。好想哭。看到順子跳的舞，也想哭。一直都是這樣在一起，時間怎麼就過去了？和加代去Kesiko，只顧聊天。我和加代一直一直在一起打工，感覺總是在一起，很訝異竟然是第一次面對面吃飯。

3月8日

和幻冬社討論，去AQUAVIT*吃北歐料理。好吃！太好吃了！雖然好吃得不得了，

* 位於東京北青山的北歐餐廳，提供高級瑞典料理。總店一九八七年在曼哈頓開立，今年拿下米其林二星。http://www.aquavit-japan.com/

但整個說來，幾乎就是莓果醬！極佳的完成度。

以前去過北歐一次，當時的心情鮮明復甦。光是馬鈴薯澆奶油，就好吃得難以相信。每棟房子的感覺都很好，好得讓人不敢輕易接近，水是硬水，所以紅茶好喝得無法相信。到了晚上，整個小鎮閃閃發光，籠罩在獨特的童話感覺中，即使有船員搭訕，仍然覺得那裡簡直是童話王國……。

暢飲到半夜，一起爲下一本書孵夢。

因爲有過這樣的時間，書成之時，特別高興。

3月9日

四月時，小不點的學校有很多小朋友要轉到別的學校。因此，現在大家的感情特別好。小不點讓我感到，此時此刻，同學優先於媽媽。雖然這不是我的人生，但還是坦然覺得很好。嬰兒時期及人生的一個時期結束，沒有落寞，也知道自己的無知，這樣的孩子可以信賴。你就好好地走你的人生吧！

在KOKOPELI得到放鬆。與死亡糾纏的緊張感仍留在體內深處，感覺無法動彈，但呼呼大睡後醒來，精神恢復了些。讓我明白自己脆弱的心情，這比什麼都值得感謝。

3月10日

去上Hula。

上課中途，Kumu來了，我有點不安，是重返原點嗎？還是回到剛開始的心情？好緊張。以前聽到的每件事都對現在很有幫助，所以現在聽到的，必定能支持不久以後的自己。

Kesiko下週結束營業，所以再去一次。什麼都好吃，米飯煮得恰恰好，氣氛也溫暖，是隱藏版的名店！好店總是不長久！

3月11日

眞的，本來晚上要去沖繩的……。

坐車去接小不點的途中，發生地震。

坐在車中也感覺得到搖得很厲害，Hirochinko把車子停在路邊，感覺很糟糕，知道心又想暫時離開身體去逃避了。對面的大廈樓頂搖晃得讓人不敢置信。

花了一些時間，總算趕到學校，接到小不點。

雖然是平常的下午，但整個不一樣了。人都跑到馬路上。餘震好幾次。啊，我察覺，日常是暫時不會回來了。

回到家裡，家中的易碎物品竟然都安好無傷，只有放爺爺照片的相框玻璃碎了。是他守護了這個家嗎？可是，架上的書都被甩出來。我趕緊打電話取消一切預約。

蓮沼火速趕到家裡和事務所，感恩。沒有人比非常時期的蓮沼更值得依賴。艾瑪和Taki回不來，Hirochinko陷在塞車的車陣中，和海外只能通Skype，Twitter最先收到朋友的消息。

這時才看電視，難以置信的光景，爲之愕然。

不久，電車重新啟動，半夜深更，大家才回到家，終於聯絡上停電中的Hiropapa（因爲打從心裡感覺是倖存者，格外地生氣勃勃，帥啊！再度爲他著迷！）放下心來，小睡一下。

但願朋友們、他們的家人、讀者，還有東北的同胞們，都平安無事。

3月12日

不敢相信！發生這麼可怕的災難。

雖然東京沒怎樣……已經不知該說什麼才好，只想確認大家平安。

去接留宿在公司的小紀，在上野車站，想搭京成線，人龍排得好長&二十分鐘才來一班，放棄，去同學鹽崎的店（千駄木團子坡下的IL SALE，很棒的一家店！）吃午飯，暫時先回家。

森田和小郁同來，就像平常的星期六，很快樂。和小紀及小不點也悠哉閒聊，覺得自己的日常是很舒適的日常。

我跟Hirochinko說，這是果凍不在以後的第一個地震。以前每次地震來時，她都汪汪大叫通知我。

看電視，悲傷的消息太多，Twitter上也摻雜著謠言和煽動的資訊。不過，日本人的心情大抵都很平靜，這個國家人民的靈魂水平還是很高的。

沒什麼特別可做的事，於是看《ER》（急診室的春天），度過像是普通外宿會那樣的愉快夜晚。一直看電視，心情沉重，但是看了《ER》（那樣厲害的節目！）後，心情反而平靜。若不接觸美麗的事物、喜歡的節目、有趣的東西、音樂、喜歡的人的聲音，人會變得奇怪。這不是逃避，也不是輕率。就像植物需要澆水，心和神經也需要營養。此刻特別覺得，弱化自己寶貴的心和神經的，就是輕率。

3月13日

送小紀去上野，含淚道別。因爲現在這時候，誰也不知道下次什麼時候能再見面。不願去想。但我相信還會再見。

唉，雖然這樣說，但只要核電廠不再爆炸，東京大概很快就會恢復吧。大家拚了命的買米囤積，我呢，去買葡萄酒，還有下酒小菜。冰箱啊，拜託你要運轉啊～。

剛買回生鮮食物就停電，雖然不爽，但是看了Twitter，江口壽史老師在附近開個展，他人不正在畫廊嗎？和小不點速攻跑去，眞的在那裡，感動得掉淚。他是我高中時代的神、人生的救世主。是我因爲太喜歡而不敢亂用職權去求見的江口老師。以前，遭遇種種事情而想死的時候，都是看了雲雀君而重新站起。他讓我感到，不要死，要這樣自由地活下去！

要到簽名，簡直要瘋了。

正因爲是這種時候，美麗的圖畫、美麗的顏色、天才的身影，讓人欣喜。

通知小舞，她也從家裡跑來拿簽名。回家時一起在TSUKIMASA舉茶乾杯，YA！

3月14日

「守護大地會」*照常送來食材，好感動。太棒了！！！

輕鬆去針灸，連小孩也做了。我跟醫生說：「告訴我能讓這小鬼老實的穴道吧？」醫生查看體質後，眞的告訴我了。看到平靜如常的醫生，也跟著感到幸福平靜……。

憑著蓮沼獨特的直覺，設法弄到汽油，我們家的車子有一輛能動了。所有的加油站和大型超市陸續關門，氣氛有點森嚴。

小舞順路過來，大家共享遲來的午餐，喝咖啡，氣氛融洽。這樣的時間是多麼有幫助？無法知道。雖然不知道人生中會有什麼遭遇，但是能夠爲同一件事情歡笑、圍著桌子吃同樣的食物、自在度過一段時間，就能化成驚人的力量。

這麼多的人死去，經驗太多的悲傷，復興也需要資金，可能有更嚴酷的情況等在後面。可是，就像《迷霧驚魂》和《活人生吃》的最後一幕那樣，不論多麼細微，也永遠抱著希望，只要能活著，就活下去。只要身體還活著。

＊「大地を守る会」，一九七五年由藤田和芳創立，日本最早推展有機農業的先驅，曾獲《新聞週刊》選爲改變全球一百位社會企業家之一。目前已是年營業額一百五十億日幣的企業。三一一大地震後立刻啟動「農業生產者援助災區食物專案」。http://www.daichi-m.co.jp/

3月15日

過去，有許多書寫不盡的各種經驗。從生死的層次到心靈系，去過很多地方，見過形形色色的人物，看過各式各樣的東西。

所以，我習慣了！冷不防、就習慣了現在的每一天。習慣後，就是我的了。

夜晚，像歐洲那樣鬱鬱寡歡。

該怎樣就怎樣吧（只是懶得動而已）。

昨天送東西去雀鬼會，大家高高興興在打麻將，好像很好玩。年輕的男孩，眞好。

豁出去了，一家三口和順子去吃好的。

再喝點酒吧！喝了久違的grappa酒，心裡滿滿的。

AGAPE*的人面帶笑容營業。客人走時，他們也殷勤送到門外。雖然外面好冷。

享受了美食，又愉快地聊天，光是大家的笑容，就讓黯淡的室內閃爍生輝，我知道，將來有一天，這個夜晚會成爲最美的回憶。

雖然不知道AGAPE消失的時候、順子或我死的時候、家人四處離散的時候，會是什

* 位於代官山的義大利餐廳「Agape Casa Manaca」。http://hitosara.com/0006054474/

麼時候？

那就是人生。

3月16日

山西君來了，小不點興奮最高潮。感恩。

在那種年齡就體驗到日本的危機，也夠頑強的。但還是有點不安定，因此，看到喜歡的人，是最佳良藥。

去事務所，和大家一起快樂工作。有夥伴的感覺，眞好！

對海外發表聲明等等，要做的事情一大堆，大家都很認眞、和諧，表情舒坦，我很高興。感覺事務所眞的是我的，那是金錢換不到的幸福。隔了十五年重溫這個氣氛。終於領悟到，果然是自己不行動就無法開始。

3月17日

不在乎輻射能，和麗香一起午餐。

我們是一生不會敵對、實力相當的強者，安靜吃著漢堡，隨便閒聊，相當融洽。棋逢對手，果然有意思。因爲用到平常不用的心臟肌肉，存在本身便彼此加分。

可是周圍的人都很緊張，還眞有趣。

因爲只能自己沉著地做晚飯，做了雞湯麵。

今後是不能隨便外食的時期，所以自己做飯是基本的了。

3月18日

車站對面有家大美人掌廚的松尾貴史咖哩屋。味道很好。她煮咖哩的樣子，異常的沉穩。因爲太平常，給人感覺是做什麼事都不會變、即使慌張也美麗、眞正心美的女性。

聽到我這麼說，大內飛奔而來（笑），順子和小不點也一起吃咖哩。大內對於美女，即使非常時期也有不變的積極性和見習意願！東西好吃，好友都在，很快樂，比什麼都能激勵人心。

然後，去咖啡香醇的PARFUM聊天，談著自己對這次災害可以做的事，也聊到工作，回事務所。天黑時回家做飯。這個感覺，不但已經習慣，而且特別好……。

3月19日

今日如常，去上次預約的IVO餐廳*，雖然IVO先生不在了。

因爲很多人取消預約，總覺得戶田先生有些落寞，所以打起精神過去。即使打起精神，吃的仍然有限，幸好有小郁，可以點很多東西，好爽！尤其是葡萄酒和肉，美味極了！

天黑後，吃晚飯、喝酒、猛睡！的生活模式，非常原始，很好。

3月20日

永野雅子在附近的「日本茶喫茶」和坂田學談事情，我硬跑過去看看。小不點連問幾次「欸，那是男朋友？男朋友嗎？」頗爲擔心。喝茶的時候，大家心緒平穩。那樣就好。這家店還是很棒。提供場地給人，是可貴的工作。

大家都避難去了，但是以前經常叨擾別人、離家生活的我，不想再到別人家裡打擾一個星期以上。因爲失去的不只是金錢和時間。而且帶著孩子！還有動物。如果是去住旅館，那只是旅行……。如果能中斷工作成行，在某一意義上，應該慶幸。不，我不是批

＊「Ristorante e Pizzeria da Ivo」，位於澀谷區的義大利餐廳，主廚Ivo Virgilio年僅廿四歲時就在羅馬知名餐廳當上主廚，一九九六年來到日本，落地生根，目前是知名的料理人。日本有數不清的義大利餐廳，但廚房裡是義大利主廚的並不多。後文的戶田先生是店長戶田成直。http://daivo.jimdo.com/

評，大家認爲該去想去的地方，如果我也住在（東京方圓）二十公里內，也會計劃短期移居，所以完全不介意。

只是現在這個階段，我還不能動。

3月21日

怎麼想都覺得核能電廠已經太多。地震加上天寒，東北地區的人眞的很辛苦，還要擔心輻射線。因此，我非常歡迎限電、節約等等。（本來，就某一意義而言，生活很樸實，所以不在意。）

通常，新一代的技術都在待機，所以，只要好好切換就行。

消費社會也已達飽和狀態，大家開始有種種察覺。

大抵來說，明明是被原子彈轟炸的國家，怎麼會建核能電廠呢？還建那麼多。完全沒有反映國民的意志。

我不太想寫政治的東西，但進一步說，東京耗用太多電力，這時候突然怨恨核能電廠和東電，太過單純。

希望大家能好好聆聽技術專家的意見，心懷悼念，訂定時程，廢止核電。希望這種地震頻頻發生的國家不要再建造那種東西。因爲日本的技術是世界第一。

就像神戶無法再回到以前的日常那樣，那種優閒的天眞和平歲月不會再回來了，所以，眼光要看著未來的世代。

3月22日

覺得牙疼……去看牙醫，原來痛的是鼻腔，花粉症的關係。

然後，陪我來的小不點發現蛀牙，不知爲何，他積極接受治療，眞奇怪。

牙醫和助理都專心想著牙齒，進行治療，甚至沒提到地震。眞好，這種腳踏實地、專注本業的人，總是令我感動。

因爲工作太多，全部甩開，和家族去唱卡拉ＯＫ……！

3月23日

去淺草參加陽子的結婚慶祝會。

發覺二十多歲時下班後，我們常去喝一杯的釜飯屋的超級美味，幾乎就是油的滋味。不年輕了，就會這樣。我知道。

看到久沒見面的大家，感到舒緩。還活著，吃美味的東西，眞的很好。

3月24日

在長年的Hula人生中，不曾像今晚這樣，有同學們閃閃發光、互助合作、生出許多天使重返世間的感覺。好像第一次來到這間教室，像重生轉世。大家彼此喜歡、互助合作、珍視對方、盡情地跳，好感動。

下課後，衝著啤酒無限暢飲的招牌，去印尼餐廳，無限暢飲啤酒。這家店，除了沒有什錦飯（nasi campur），其他都很印尼，都很好吃，想去溫暖地區的欲望蠢蠢而起。

3月25日

去裕二那裡剪頭髮，燙直。和小郁輕鬆去喝啤酒。街頭和店裡都空蕩蕩，很像七〇年代，我甚至有剛剛好的感覺。

再次覺得，東京在消費、電力和人口上，都已達到飽和狀態了。

人與人之間的舒適空間大小、商店數目、電力亮度、金錢使用方式、一天得到的資訊量……只要有肉體，基本上那些東西不該那樣增加的。愈發覺得正走向無法擺脫那些的人生。

感到不安很簡單，在這種時候走上不簡單的深山野獸小徑！

3月26日

在娘家做踩背按摩會。

身體僵硬得驚人。Takasama說，你還處在戰鬥態勢哩！

Takasama有他的做法，以各種方式幫助遭逢震災的人，叫人佩服。我也要以自己的方式努力去做。不出名，不自滿。最重要的是，光是看到Takasama就感到放心。

不過，看到爸媽，深深覺得，痴呆也是某種意義的堅強啊。

爸爸說他身體的痛苦「幾乎畢業了」，我趕緊說：「人生還不能畢業哦！」

3月27日

Lady JANE的老板娘突然騎腳踏車來邀我去聽演唱會，感動。「在地鄉親！」

那是家古老美好的酒吧。

森林君不能來，變成原Masumi*的個人秀。這種時候聽的〈月化〉，如同天籟，聽得

* 原ますみ，活躍於日本的創作歌手及插畫家。曾爲作者繪製多部作品書封插畫，包括《哀愁的預感》《虹》《不倫與南美》等。http://human.secret.jp/

入迷，雖然已是他長年的粉絲，仍然覺得這是我追星生活中排名前五的演唱會。這個時候聽到這首曲子，感覺一切都被肯定了。這是我追星二十多年的回報，眞好。

年輕人不知道，悲傷的時候聽悲傷的歌曲、末世的時候看末世的景象，才能眞正得到療治。這種時候即使聽振奮精神的歌，也打不起精神的。

3月28日

讓特地來訪的早川在車站等了一下，然後帶他去吃咖哩，免費幫我看風水。拿出風水羅盤瞬間，早川神情一歛，不愧是專業。

帶小不點去看牙醫。今天專心治療牙齒的這位也是專業。專業人士的存在方式，令人感動。

看了宮本輝的《三十光年的星星》，類似的感動，我在牙醫身上也感受到。平常心做平常事時，突然在某個時刻，像線頭被解開般，開始進行事情，或是理解了什麼。

對於沒有就業的人、憂心不安的人來說，身體或許知道那種感覺，因此讀讀這本書或許不錯。輝先生最近仍孜孜不倦地寫書，昭和人士的奮進不懈精神，讓我感動。我們這個世代不寫不行啊！

3月29日

接受《Grazia》*採訪，原田、木村和親君*這懷念的三人組都來了。去年和他們同遊，很快樂。

我被小不點鬧得筋疲力盡，還是設法完成採訪。親君陪小不點玩的時間，好像比拍照的時間還長。他和小不點出去，半天沒回來，心想是去幹什麼了，原來是去沖洗照片，幫小不點編輯班刊。

親君只是稍作版面編排，原來亂七八糟的感覺立刻變得很好，眞叫人驚訝。字體的平衡、照片的選擇，都很完美。好可怕，不愧是《PURPLE》出身！那耀眼的才華讓我感到，在品味這麼好的人面前晃來晃去，合適嗎？

3月30日

去高松。

---

* 《Grazia》，講談社於一九九六年創辦的女性流行時尚雜誌，已於二〇一三年八月停刊。
* 鈴木親，時尚攝影師，九〇年代開始以法國《Purple Fashion》爲舞台嶄露頭角。《橡子姊妹》書中收錄多幀鈴木親的攝影作品。

很快就到了，充滿開放感，拿掉口罩，悠然渡過瀨戶大橋，爽快吃完麵，轉去倉敷。

瀨戶大橋又高又長，有一渡的價值！

景色很美。到處隱隱浮現小島的影子，像在夢中。

回到琴平花壇，短暫接受各式各樣的預約特別待遇後，安頓在井伏鱒二和森鷗外都住過的旅館離院。整體而言，接待有點雜亂，但房間讓人感覺得到補償似的舒服，像在巴里島。米飯也非常好吃。

估計沒有人時，和小不點去泡女湯、看星星、看竹子。活著眞好。

在等待文豪鬼魂出現中迷糊睡去。

3月31日

早上就吃麵。

在OGAWA吃細麵。爬一千多階的樓梯，登上金比羅山的後院。膝蓋發抖，不知會怎樣，但是吸進滿腔的清新空氣，好好歇口氣。在東京鬱悶生活的人暫且別管避難，多多歇口氣比較好。只要一點點時間，可以非常放鬆。難以相信的優閒感，離開一下就會有這樣的不同？

結論是，不用走到後院也行。

走到本殿那裡就行了。

和茂美及尚美會合，又去吃麵。

放蘿蔔泥的店、自助麵店。眞的都很好吃，以爲不會有什麼不同，但確實有所不同！各店有各自的好，太過深邃，一天的功夫勘察不出。

吃得太飽，散步去善通寺，回到戒備森嚴的東京。

可是，東京還是我的地方啊。

岩手和福島那些地區的人或許再也回不去自己的地方了，很辛酸。但，人還是要活下去。就像春田當年從神戶過來、在東京扎根一樣。如果東京變成不能居住的地方，我也會搬到某個地方，在那裡生活。這是每個人隨時都會發生的事情。

去羽田送走小郁，和上完Hula的人會合，快樂去吃燒肉。朋友眞好。不論何時見面，總是一樣的心情。

4,1-6,30

4月1日

在毫無希望似的大量人口死去的日本，在放射性物質之雨飄落的寒冷午後，我和小不點望著新開張拉麵店的陰霾玻璃窗外，不知爲何，隱隱感到有點不同的景象。那是希望的景象。說快樂，或許言過其實。我抱著感謝活著的心情，凝視那幅景象。

雖然已無法再回到原來的生活，但試著退幾步、稍微踏實一點地想，是不是比較好？

和朝倉世界一先生談事情。朝倉先生的身邊總是洋溢著他漫畫中的同樣空氣，淡淡的哀愁。小不點嚷著：「是世界第一的人耶！」緊緊抱住朝倉先生，眞是隨心所欲，朝倉先生說：「我很久沒有這樣受歡迎了。」我聽了很高興。

他願意幫我畫封面，像在作夢。

因爲在許多失眠的夜裡，他的世界支撐著我。

是哪一部小說呢，早就透露了！

4月3日

像淘金似的仔細淘洗有點頽喪的體況和精神狀態，發現小小的光亮，將它們整齊排在一起，然後去做能做的事情。我彷彿一直在進行這種感覺的作業。動手最重要。

晚上，去久違的海苑，吃麻辣鍋，振奮精神。大家笑逐顏開，心情平穩。

4月4日

回娘家看看。吃文字燒。可以盡量打開窗戶，不必去想是否要戴口罩，嚷著用酒來消毒，心情莫名快樂起來。雖然不知道這樣快樂對不對？

小不點不用上課，精力過盛，跑來跑去鬧不停，貓都嚇得跑出去。

姊姊帶小不點上樓，幾分鐘後，小不點驚慌逃避變成烏賊人的姊姊衝下樓來。烏賊人的衣服是用垃圾袋做的，頭部和身體分開，有十隻腳。厲害，短時間就完成。姊姊還說：「這身裝扮很暖和，眞好～」，直接穿著出門，嚇人。

4月5日

在町田的麻將聲中，和櫻井會長對談。

因爲常常全面贊成會長的意見，即使對談，多半也是聽他說，我是這樣尊敬他。去的時候，他正忙著調度運送鮪魚、救援物資到災區的卡車，看到那調度的本事，還有眞正爲對方著想的物資名單，相當感動。年輕人個個動作俐落，表情爽朗，果然是個好集團。

會長想得比我更多，我知道他過著孤獨、幸福的人生，心中藏著別人最不了解的祕密。他用那不可思議的力量，把眞實穩穩打進我心最深處。

有那樣的人，再活下去也好，雖然絕對成不了那樣的人，也想照自己的方式一步步往前走。這種意念越來越強。

4月6日

和Taki去看《撒旦的情與慾》。

因爲宣傳得讓人想一睹爲快，想知道到底有多少噱頭！

結果讓我知道，我不欣賞那個導演的原因，不是劇情殘酷、手法過分、男尊女卑，而是劇中人沒有一點眞實的愛。愛，既不是天眞的愛戀，也不是愛情。是投入這個世界的力量。但電影中細膩排除了這個愛，因此人物都變得稀微單薄。

例如，《大開眼戒》的內容苛酷，劇情奇特，明明描述的是冰冷的關係，可是，愛卻從映像中散發出來。對這個世界的愛，對人類的愛。

因爲沒有這個愛，恐怖也不成其恐怖。我知道，男女基本上的確是那樣，那樣拍也沒錯。只是描述需要更深刻一點吧？

即使如此，啊，還是覺得好～痛！！！！

夏綠蒂·甘絲柏（Charlotte Gainsbourg）芳華正茂，演得眞好～。

4月7日

腰部其實還處於微妙的狀態，小心翼翼地去上Hula。大家都很愉快，跳得很開心，幸好，腰部也沒再惡化。一群酒鬼跑去居酒屋喝酒，大地震突然來襲，雖然嚇到，但因爲是和很好的人們在一起，不覺得害怕。隨時有這種感覺，眞好。

4月8日

爲了腰部忙碌一天。做伸展體操，針灸，去「末膳」（這和腰部有關係嗎？不，是要讓腰部高興！）喝了香醇的葉門咖啡，然後去做羅夫按摩。祈禱這樣折騰下來能讓腰部認輸，乖乖治好，悠哉回家，做晚飯吃。

和Hirochinko聊著去年以來的種種事情，淚流不止，這不是地震的壓力所致，反而更可怕。因爲，就像拼圖似的清楚看見本來不想看而看不到的事情。但是Hirochinko沉穩如昔，和這樣的人在一起，眞的好好。

果凍死去，地震，核電廠，悲傷的事情說不盡，卻意外地沒有那種想放棄的心境。活下去的強悍意志油然滋生。

4月9日

去看惠利。

聊著非常傷心難以相信的話題，只因爲她能完全了解，我放心得哭出來。光是想到長久交往的惠利是這樣強大而柔軟、這樣犀利而親切，就會哭出來。第一次在目白那家店的櫃檯遇到她時，我們才二十多歲。在回家的電車中，我淚流不停。那是包含了活著的強悍、我們過去的歷史、坦誠相見的長久友誼，以及理解彼此在各自領域雖是強者但仍孤獨奮鬥的眼淚。

大概，只要我還是我，我的人生永遠是悲傷，奇蹟不會發生，事情總是朝向悲傷前進。即使如此，我仍只能活下去。只能不放棄希望，拓展一切的可能性。

晚上，想吃瑞士火鍋，出去買需要的材料。小舞和小紀來了，小郁氣勢驚人地切著乳酪和麵包，總算弄出了瑞士火鍋。瑞士火鍋用乳酪、橄欖油，或巧克力當湯底都行，沒有一定，小舞說她在瑞士吃過幾次，都沒有這次好吃，我鬆一口氣。的確，我在巴黎吃的時候有白酒的味道，還以爲是酒火鍋？多放點乳酪比較好吃。

4月10日

和小紀沒喝酒，聊到東方既白……還是高中女生嗎?!

非也，高中時的我，老實說，酒量比現在好……！

然後狠狠睡一場，神清氣爽醒來。

小不點明天開始上學，很不安定。所以，我蓄意用沉穩的語氣跟他說話，因爲有心這樣做，他眞的平靜一小時。心想，這麼單純！但這樣很好，也若有所覺，對手不是小孩而是大人時，肯定也一樣。

在Tyra的慈善義賣會買了盤子、燭台，和他聊過後，心情非常平和。

和小不點去立田野，分享甜點，能覺得這種微不足道的小事都美好，是最大的幸福。

雖然，地震非常傷心，知道核電廠的眞相後也確實無法再回頭，煩惱的課題太多，但從類似「無聊啊，到立田野吃甜點，我的人生一如往常」的飽和狀態敲醒眾人，至少是件好事吧？只希望大家別再麻痺了。

少數人支配的統治結構不會改變，或許無奈，但並非沒有希望更換那少數的質。

4月11日

很久沒有的獨處時間……。

其實只隔了一個月！啊呀、作媽媽的眞的很辛苦呢。

心裡面已經快變成紫黑色的了……。

傍晚，和家族＆Taki去看《現代驅魔師》。
非常好的電影，安東尼．霍普金斯的懾人演技很精采。
好想去義大利。
演到最恐怖的地方時，地震來襲，搖晃得很厲害，差點笑出來。
在PREGOPREGO簡單進餐，聊到驅魔的話題。有關惡以及惡魔的概念，日本有同樣的感覺，是有原因的。我只有某種程度傾向超自然現象（無視許多「眞的嗎？」的聲音），但常常看到過於執著事件、過於掩飾自己而變得空洞的人在召喚什麼進入那個空洞。我看到時就想逃跑。

4月13日

和山西君吃完午飯，去KOKOPELI。
雖然是和平的日常，但氣氛還是有點不同。大家都重視生命，想著死去的人、現在正在受苦的人。
和美奈子聊著最近的事情，紓解心情，感覺緊繃的身體終於眞正恢復了原樣。
晚上和順子去參觀貴子的化妝教室。
又一邊吃飯一邊閒聊近況，心情稍微輕鬆。感覺相當有幫助。雖然彼此的年齡、家庭和工作都不同，但同樣都是職業婦女，當我陷入低潮時，她們關心。我感謝。當她們陷入困境時我也趕去排解，這樣眞好。

4月14日

去上Hula。

學了好幾年，總是因為生產、腰痛、工作忙碌而停課，學得半吊子，但仍清楚記得第一次發表會的曲子。我們以正式表演的排列進行練習，我站在代理缺席的大貫小姐、也是我最崇拜的茱迪旁邊跳著。人生中竟有這種事！我、我、眞的能跳Hula！

謝謝支持笨手笨腳的我的順子和露亞娜。謝謝照顧我的Punahele老師。芭娜子登上了階梯，雖然只是一階……。

這已是得償宿願，滿足之餘，無限暢飲BINTANG啤酒*。冬香、順子和我湊在一起，就是可怕的啤酒金三角，空瓶排得多到以為是賣酒的店。店裡的人也訝異，甚至忘了來幫我們點甜品。

---

* 著名的印尼啤酒。「BINTANG」字面意思是「明星」。

4月15日

和小舞、Taki、加藤木、江口壽史老師*、聲音太像大瀧詠一*而且歌唱得極好（或許已是職業級）的Ichikatai、Hirochinko、小不點合開卡拉ＯＫ大會……。

大家都不解怎麼會有這種情況？我和小舞竟然在江口老師面前唱起「Stop!!雲雀君！」這，從各種角度來看，都是嚴重脫線的狀況，讓高中時候的我來說，肯定是神志昏迷了。

江口老師的一切就是江口老師的世界，是他身體曲線的觸感、唱歌說話的神態等，創作出那些漫畫的感覺，深深地傳達給我，讓我感動得發狂。

他毫無疑問是天才。他也是雲雀君。因爲雲雀君和他太過貼切，那個漫畫才會如此吸引大家。

天才光是畫一條線，就能做出別人絕對做不到的事。本人當然也知道。雖然也比別人

＊江口壽史是日本漫畫界的奇才，七〇年代後期入行，很快走紅，但連載作品屢屢斷尾，作品不多卻人氣不墜。除了漫畫以外，他的插畫和設計作品也很受歡迎。作者開口演唱的就是江口壽史同名原作動畫主題曲「ストップ!!ひばりくん！」（「Stop!!雲雀君！」），繁體中文版出版時譯作《變男變女變變變》。

＊大瀧詠一（1943-2010），日本八〇年代出道的創作型歌手，晚期最爲人熟知的歌曲是一九九七年演唱木村拓哉主演日劇《戀愛世代》主題曲，銷量衝破百萬張。

多一倍的努力，卻看不出來。因爲，別人無意中做到的事，在天才，只是痛苦無奈。
那段歷史強烈地傳達給我，又感動了我。
我把青春的一切獻給雲雀君，眞好。

4月16日

白天劈哩啪啦地匆忙過去。
傍晚去H&M，買便宜的春裝，和陽子碰面喝茶後，和上完Hula的那些女士去吃燒肉。
我問冬香：「如何吸引歐吉桑？」她說：「打從心裡愛歐吉桑，此外無他。」路還長遠。

4月18日

想看嬰兒的欲望高漲，因此和已經不是嬰兒、還脾氣蠻橫的小不點吵架，小舞居中打圓場，一起去橫濱的支援婦女會的眞美那裡玩。
小姊姊東倒西歪地抱著嬰兒，小哥哥默默幫小不點倒蘋果汁，我胸口一熱。
小孩子起初會有距離，但漸漸融成一團，開始玩鬧，黏在一起，彷彿這世上沒有更親密的人似的感覺，哭喪著臉說bye-bye的感覺，眞的相親相愛！每次看到都覺得好可愛。

今天去的店在山上，是完全熟悉巴里島和澳洲的嬉皮才知道通關密碼的店。燒著火堆，做什麼都可以。可以演奏，小孩子可以玩吊床和飛鏢。但是一定有人看著，玩得過火時，會有人制止。竟然有這麼棒的無法地帶！感動。也覺得人心是自由的。如果我的人生不自由，那是因爲我的心不自由，不是別人的錯。

4月19日

佐佐本先生的送別會。

不是因爲下雨，是眞的心情落寞。每日新聞的人眞是和諧的工作團隊，因此，少了一個人，會感到落寞。有點故作粗野的氣質很容易熟悉。

最近每日新聞地震相關報導之精采有趣，非常厲害。

4月20日

去J-WAVE錄Peppler的啤酒節目*。

* J-Wave是針對東京放送的廣播電台。Peppler即是知名電台主持人Chris Peppler，該啤酒節目即是週六晚間六時由知名啤酒廠牌Sapporo冠名贊助的「OTOAJITO」。https://www.j-wave.co.jp/original/otoajito/

邊喝邊吃，還能以平常迷人的聲音侃侃而談的他，真的很厲害。真有兩把刷子！好感動。聰明、詳知音樂、充滿靈性，很不錯的一個人！

和下班回來的紀子猛吃串炸，撐飽肚皮而歸。因爲串炸和壽司一起，一直興奮得好奇接下來會上什麼，不覺吃下那麼多……。

4月21日

和櫻井會長對談。這次試著稍微前進一點。

於是，會長又更向前一步。

好厲害啊……那個時機的拿捏，是武士！

和會長、小田三人聊著黃色笑話，吃北海丼，奇妙的幸福感。

站在階梯上給我治療腰痛建議的會長看起來像個小男孩，感動得有點想哭。

4月22日

和千花同往北方世界，看望森老師。

冷得驚人！！！完全是冬天的天空顏色。

但是有小狗，小狗一直玩到筋疲力盡睡去。昴君能把森老師的全部發言都迅速解讀，大家佩服不已，這次小不點也加入，他問森老師：「什麼時候睡覺呢？」又問千花：「眞的是漫畫家嗎？畫漫畫的？」搞得我好緊張。

對一切都太驚嚇，於是又去吃燒肉。

4月23日

The STRUMMERS*的演唱會。

再度知道，人的一切都會展現在外表。眞的無法掩飾，雖然可怕，但音樂性和生活方式，都可以從外表看出。是歷經什麼樣的歲月，才會形成那樣乾淨爽朗的人和音樂呢？在這問題之前，嘲諷的理論毫無意義。我學到這個。和小舞、小牛去吃好味燒，平靜回家。

4月25日

看HINANO*的書，莫名感到精神振奮。

* 一九八五年成軍的日本龐克搖滾樂團，九〇年代首張專輯「Here's the Strummers」席捲獨立樂壇。至今活躍。團名是向《衝擊》合唱團主唱Joe Strummer致敬。http://www.thestrummers.com/index1.html
* 此指模特兒、女星吉川雛乃，九〇年代後期出道，當時十三歲的她混血兒美貌及九頭身比例驚爲天人，更獲邀填詞演唱一九九八年《哆啦A夢》電影版主題曲。其後與視覺系樂團Shazna主唱IZAM結婚，離婚後再復出聲勢已大不如前。

雖然身體狀況不好，心情也有點消沉，但感覺經歷這種振幅一百倍搖晃的她的外表救了我。外表是一切……。

我對小不點說：「HINANO怕鬼，睡覺前都要看《哆啦A夢》呦！」他立刻興奮地說：「完全一樣，一樣的心情！說不定是我命中注定的人！」想到兒子和媳婦兩個人看著哆啦A夢以安撫恐懼而睡，真不希望他結婚。

4月26日

和順子去以前常去、當然也出現在《喂！喂！下北澤》的燒肉屋。家族的人懷念地說，好吃、穩定，沒有比這更好的了。上年紀後懷念這裡的人增加了。

4月27日

讀了（村上）龍老師的《心在你身邊》*，深陷其中。這樣的內容，已經到「不想知道那種人生經驗」的程度。重點是，她的書信文體太寫實，說這個是小說，很難相信。而且，明明知道結局，卻是這麼難過。太精采了！實在太精采！尤其是最後的Party場面，

* 此指作家村上龍二〇一一年作品《心はあなたのもとに》，繁體中文未出版。

精采得讓我想吐。

4月28日

朝倉先生畫的封面草稿送來，莫名其妙地流淚。

感覺似乎不再需要什麼了。太好了！

晚上，在東京車站集合，小不點、小紀和我，做一趟輕井澤的稀奇有趣之旅。

小紀連續二十四小時沒睡，我們安全抵達。

氣溫的冷和星星的多，都很驚人，漆黑中泡過溫泉，然後像暈厥似的倒頭就睡。小紀說：「我喜歡日光燈……這裡黑漆漆的……」，沒錯，這間旅館很幽暗。我安慰她，我沒習慣以前也差點哭了。

4月29日

一邊蹓躂，一邊等候澤君，開車帶我們去看積雪的淺間山，一起去EN BOCA。這是地點、來客情況和價格貼切的著名餐廳。

澤君的人怎麼那麼好？能以不受判斷的心情見面的人很少，眞是可貴。

昨天，三溫暖裡有個大美人（大概不是普通人），跟小不點說話，小不點歡天喜地，露骨地畫成漫畫。最後寫著「無奈，是和小紀去泡溫泉」，畫中媽媽的裸體和那個美女的裸體相比，畫得相當隨便，我們都很生氣！男人啊……。

4月30日

星野屋*SPA的管理大姊是非常熱心的讀者，一直有看我的書。這種事最讓我高興。能這樣滲透到各個地方，眞的不需要得獎了。

可是，爲什麼還接受卡布里獎*？因爲想去卡布里島……。

因爲下雨，在茜屋悠哉喝咖啡，回家。大受寂寞的貓歡迎。

5月1日

回娘家陪媽媽過生日。沒有人記得是幾歲了，媽媽能吃的東西太少，倒顯得優閒。很

---

* 此指輕井澤的星野屋，隸屬星野集團旗下經營的奢華溫泉度假旅店設施，該集團在全日本擁有二十家度假飯店設施，總部就在輕井澤。http://www.hoshinoyakaruizawa.com/

* 一九八七年起於義大利創立的作家獎，歷年得主包括莫拉維亞、塔哈·班·哲倫、法蘭西斯福山等人。自吉本芭娜娜獲獎後，二〇一二年起該獎轉型成詩人節，獎項授予詩集，更名爲「卡布里詩歌獎」，獲獎者包括敘利亞詩人阿多尼斯、中國詩人楊煉等人。

會切蛋糕的Hirochinko不在，我切的時候蛋糕塌了，大家說「千萬別離婚啊」，因爲只有他能把蛋糕切得漂亮……！

5月2日

和威廉（William Rainen）*對談。

不曾像這次見面這麼感動。他的一切讓我輕鬆。Yossy也健在，大家平安無事相見，很高興，都是很棒的成員。中途，凱文・萊伊森（Kevin Ryerson）*來會合，一起吃晚餐。

小不點突然問凱文：「拿破崙已經轉世了嗎？」害我冷汗直冒。眞是自由啊～！

看到擁有別人所無的能力、卻不爲金錢所用的他們，感到好清爽。

---

* William Rainen，自六〇年代起活躍全球的通靈大師，傳授數十萬人幸福生活的祕訣。目前定居夏威夷，定期前往日本演講，並出版多本專著，並曾協助女星酒井法子戒毒等心靈開發與治療。十分受作者信賴。http://ibok.jp/

* Kevin Ryerson，相對在美國十分活躍的通靈專家，他曾受邀登上歐普拉及《早安美國》等熱門節目，並爲個人及企業提供多種靈療及諮詢服務。http://www.kevinryerson.com/

5月3日

「Fishmans+」*的演唱會。大雨滂沱中的野音（日比谷露天音樂館）。旁邊湊巧是高山直美。好懷念！渾身溼透，一起唱歌跳舞，好快樂。這件事一生難忘。看到美姊時頓時覺得好餓，自己也驚訝如此露骨！

小不點也徹底放開，zAk和飴屋先生喊他時，興奮得又叫又跳。

第一次看七尾旅人唱歌，再次覺得，這就是爲歌唱而生的人啊！人的聲音改變了空氣，一切都被放鬆。在這個意義下，我的感受和（原田）郁子一樣。

Yakusimaru具有時代渴望之人特有的「做什麼都精彩」的氣質，那也很好。

不論如何，我爲這場「A Piece of Future」哭了……Bose也很棒，歌詞眞的讓人感覺就是那樣。我沒想到自己會哭，自己也驚訝。只有桌子對面的你，是未來的碎片，光憑這

---

* 九〇年代最具代表性的日本傳奇樂團，以混搭雷鬼樂風爲主。九九年主唱佐藤伸志過世後，在鼓手茂木欣一的堅持下，每年仍持續發表精選集並邀請音樂人及藝術家共襄盛舉，持續舉辦演唱，包括文中的zAk、飴屋法水、七尾旅人、Yakusimaru Etsuko，有人演奏樂器有人獻聲歌唱，延續該團的精神。當日演出名爲「A Piece of Future」，日後並有發行CD／DVD。http://fishmansplus.com/

Yakusimaru Etsuko的官方網站 http://yakushimaruetsuko.com/

句，佐藤（伸治）就是天才！好動人的言語。也再次感到小提琴在那個樂團裡的重要性。初看他們的現場演唱時，我還真的是個小孩……想起好多回憶。

小不點若有所覺地自作自唱Fishmans+式的即興創作歌曲，啊，他一定是有某種這樣的感覺，我心底升起一股尊敬。

和飴屋家族打過招呼，和雅子、園子去吃飯。

這一切都是懷念的感覺。

5月4日

輕井澤回來，去上野吃西班牙菜。

和小紀、小不點，一步步走到末廣町。

小時候，上野這地方洋溢著言語無法形容的自由感覺，讓我想回家。

回到家裡，爸媽在呼呼大睡，那也還好。

感覺記憶重疊之後，全部都變得美好。

Hirochinko 不在，家事和照顧動物的操勞加倍，每天忙到天亮才睡！小不點也跟著熬夜，亂七八糟。

5月5日

心情不爽的時候，只能深深潛入其中。

即使想快樂起來，也沒辦法。

於是，在那裡面，發現奇怪的瞬間，不是自虐、也不是超越的奇怪有趣瞬間。也從那時候起糊裡糊塗快樂起來。我想，這就是愛自己吧。

5月6日

走，去京都。

因爲是取材，所以很認眞。雖然認眞，地理卻一無所知……。

不管了，先急著去Kita村餐館吃餅料理。因爲吃得太飽，走路回飯店。飯店人員親切得叫人難以相信，感動得想哭……可是，這個設計師酒店，太像、太像愛情賓館了。我跟小郁說：「想拍一張愛情賓館風的照片。」於是，她讓我拍下在愛情賓館裡擺出和平手勢，還有背部姿勢、表情、映著室外景物的TV等非常完美的照片，有生以來，我第一次領悟到，想當攝影師的人究竟在想什麼！我這最初也是最後的天才攝影師體驗，是和寫小說同樣的極致！

5月7日

使用十五年左右的背包突然壞掉，興致勃勃地去買新背包，順便繞到錦區，在漫畫博物館看《凡爾賽玫瑰》的原畫，不覺看得入迷，哭了（再次想起這是那麼精彩的漫畫啊！）轉往奈良。在大神神社看到小小奇蹟，不覺用關西腔說，果然有神明！

在稻熊的店裡享受美味的生魚片、壽司和精緻小菜，和西尾、高井愉快度過一段時間。眞好！即使偶而見面，也一直關注彼此的生活。稻熊是這個空間的中心，支持這個空間的，是他太太的出色手藝。感覺許多事情都稍微緩和了。

5月8日

到神社驅邪後，當天晚上又是噩夢、又是頭痛，是積存在體內深處的東西慢慢浮出表面。今天去貴船一帶取材，先去看眞由美。也見到睽違許久的向井君，很高興。緊緊抱著小狗，輕輕撫摸，在眞由美他們那吹進非常非常涼爽的風的明亮工作室裡享受竹筍午餐。眞由美在貼在桌面的紙條上，隨手寫下記事，描繪說明的圖形，好自由的心。她是我永遠深深尊敬的朋友。好像一見到眞由美，我就不知不覺變得渺小，總是讓我在反省。

我這群出色的女性朋友，都不看電視，也不看報紙，很多人也不太上網。我則很喜歡這些，雖然有點失格，但是偶而遮斷一下資訊，或許有效！

去爬大田神社後面的小山，喝過茶，一心往鴨川。

走了很多路，踩過河中跳石，小不點疲累不堪，但是變得有點懂事。我的腳掌也長滿水泡，但精神十足。

衝進名叫HANA的餐廳，一邊享受各國料理，一邊進行女人的會議。

5月9日

和石井sinji先生、Hitohi及園子，在Ookini屋享受豐盛的午餐。老闆和石井先生的關係不錯，眞好。讓大家都沒有第一次見面感覺的，是嬰兒的力量和小說的力量。作家都是揹著自己的作品行路人生。我有同樣的心緒。

大家一起去Gake書房*。

在Ookini屋吃過午飯，在Gake書房慢慢看那種感覺的書，再沿著河邊散步，很多事情都會輕鬆一些。京都眞的很美，文化精美悠遠。雖然不能以大人的一面來接觸京都的深邃，但京都胸襟廣闊，像我這樣的嬉皮也有容身之處。

深切希望東京也能成爲這樣的城市，不是眾人只爲爭奪金錢而來、蹂躪之後棄之而去的城市。

---

* 京都左京區於二〇〇四年開立以藝術類書籍爲特色的獨立書店，主要是攝影集、畫冊、絕版書、二手書，偶而也請獨立樂團演出。門口有個半衝出的車頭造型令人印象深刻。二〇一五年與另一書店合併，店名更改爲「ホホホ座」。http://hohohoza.com/

5月10日

去看很久不見的結子。得到許多震撼的情報，我全部承接。因爲我相信承接不住的試煉不會來。

一起在春風中喝著啤酒，非常幸福，因爲震撼的情報中充滿只有結子知道和認定的洞察，珍視我們過去的漫長歷史。再次覺得，自己的人生是自己的！下定各種決心。

5月11日

在KOKOPELI得到放鬆又放鬆。睡啊、睡啊、睡了三個小時，回家後繼續睡。疲勞不斷自體內深處湧出，無法停止。這個時候，只能睡覺！

神社、結子、KOKOPELI，超棒的療癒行程！完全新生一樣。

5月12日

抽血，還繳了檢驗費六萬日圓，有點憂鬱，必須補回營養不可！和蓮沼去吃海膽義大利麵。

雨中的午後，與小泉今日子對談，好久不見。

上次見面時她精神不好，體況也差，坐不住，但現在是個肌膚光滑的美女，增添不少精明幹練，具有稱得上人間國寶的氣勢與美。有這樣的人啊……算是奇蹟吧。雖然那個美全部都像塑造出來的，但就是那麼奇妙、眞實確切得讓人感動落淚，我們世代的心中寶貝、小泉今日子。她有那樣驚人的成長，好厲害！讓我越發尊敬她，覺得自己也要加油。面對各種人，能夠不依賴、不放鬆嗎？能夠獨自佇立暗中嗎？她都做到了，我也要如此。

接著，伊賀大介*幫我拿掉裙子上的雜物，有點得意，暫時（小小的！）！

5月13日

要拿一隻童鞋去Crocs修理，迅速下車進去，多大方的Crocs啊！當場免費修好……因爲沒車子，小孩也不在身邊，成了一個拿著一隻童鞋在街上閒逛的古怪歐巴桑。

和威廉、Yossy、早川君去吃美味的泰國菜。

因爲太不容易和威廉的意見不同（這點和我對櫻井會長一樣……眞正厲害的歐吉桑就是厲害！），非常開心。不過，在對談中，我不想只是得，也想給，拚命用英語想傳達我的想法，於是，看見閃閃發光飄舞的東西產生。人啊，就是這樣。

---

* 著名服裝設計師，同時也是演員和造型師。妻子是女星麻生久美子。

5月14日

Ho'ike。

上課時照樣緊張。

但是，難以置信的和諧氣氛，大家眞的感覺愉快，深深感動。眞好的一班～！每個人都這樣想自己的班，最好。

許許多多人離開，又遇到許許多多的人……

不執著是最重要的。

和嬌弱無力的麻美、順子一起吃飯，被感染得也不覺嬌弱無力了。

5月15日

硬拉著留下來過夜的小紀，去麻美打工的地方午餐。打工才一天的麻美好厲害！太厲害了！小不點也一起悠哉地散步，移植盆栽。

移植盆栽，渾身沾滿泥土，盡情曬太陽，淋雨，摘食院子裡的藥草……那些我們人類理所當然的權利，如今被奪走了。無法不感慨這事。

5月16日

回娘家做踩背按摩。聽著Takasama含有道理的話，不住點頭稱是，姊姊說：「今天吃得簡單些，抱歉啊！」可是端出來的是燉牛肉加馬鈴薯焗乳酪的豐盛美食。她那一本正經的說法，可怕。吃完一盤，肚子好飽，和Takasama什麼也沒說，只是深刻地交換眼神。

5月17日

這個日記預定寫完今年就結束。時代變了……不提早說不行。畢竟，沒錢還繼續經營事務所也奇怪……！

取而代之的，是每月一篇的特別散文，還打算占領timeline寫Twitter到大家都厭煩的程度，所以請放心？

高野照子＊的吉普賽之旅節目好精采。吉普賽人很容易被當作壞人，其實是遭到恐怖迫害的民族。我認爲，只要是人類，大家都一樣，只是好人壞人、個性相投或不合的差別而已。任何國家的人看到照子，都笑逐顏開。她好像有出書，我想讀讀看，看羅馬（吉普賽）人的可愛臉龐。

5月18日

自己適合什麼？不適合什麼？快五十歲了才明白。太遲了！盡量不做討厭的事，是健

＊日本散文家及電視製作人。一九九七年加入東映電視部門，因爲作者的建議，於是製作一系列旅遊相關節目，並將經歷寫成書，《在恒河裡游蝶泳》一書熱賣十五萬冊並改編日劇。東映任職十八年後，她辭職做全職作家，繼續旅行寫作。http://takanoteruko.com/index.html

康的祕訣……。

順子說，拚了命透過各種管道，終於預約到一直訂不到位的Bacar餐廳，趕快過去。確實好吃。服務人員也幽默爽快，主廚的表情超親切。有附近名店的感覺。我和順子食慾大開，一頓飯吃了三個小時。

5月19日

應野村佑香之邀，去看舞台劇《鳥瞰圖》。

舞台劇最可怕的地方，是和台上的人視線相對時。佑香注意到的，我都能非常清楚地知道。

因爲是太、太接近自己老家附近的故事設定，甚至有懷念的感覺。

- 大抵隨時有幾個人順路來家裡聊天。
- 這些人基本上每天都會碰面。
- 做了什麼好東西，都會分送鄰居。
- 心胸寬廣，願意招待別人、留宿客人。
- 隨時互相幫助。
- 講話速度很快，言語尖酸刻薄。

認爲這些都被設定爲人類隱含質的我，搬到世田谷後，感到意外。這些性質大抵是惹人嫌的。因爲做得過分，言語刻薄。

佑香可愛、漂亮，風度佳，人也好，我們很早就開始書信來往，也有共通的朋友，不覺得是第一次交談。

去吃台灣菜，我和小郁樂道那無趣的待客方式（平易但隨興）、固定的菜色、店裡必定有的嘔吐級醉鬼等等，「到頭來，還是在這種店裡最快樂！」暢飲啤酒。

5月20日

去醫院。掛在心頭的癌症疑慮消失，開心得去吃湯麵。不是澀谷那家，是富谷那邊的麗鄉湯麵，眞的是世界第一。

晚上，藤本敦夫和菊地成孔的演唱會。看到藤本的天才風範，總是覺得，音樂就是這樣，肯定是這樣的東西。菊地的人品也充分發揮，在活化藤本的音樂同時也確實讓自己的才華爆發，他的天才風範發揮得漂亮，可惜這個Live house太日本味，從各方面來說，太像《穆荷蘭大道》裡那個「沒有樂隊！」的神祕店內的演唱會。

5月21日

在上野發誓無論如何都要去！經過了半月，終於和小紀達陣SANT PAU。一句話，「在西班牙吃，大概比較好吃。」再補充一點，「素材完全脫離原型的趣味、美味和風險，大幅度受到地理位置、氣候及服務的影響。」

不過，看到非常討厭漿果類的小紀大快朵頤莓類餐點，有點感動，「或許這輩子再也看不到這情景了。」還有，因爲消費高，葡萄酒都好喝得難以相信。

5月22日

因爲Tyra來了，和小不點一起興奮地到附近散步。逛進平常不去的商店，一大堆發現。心想，人啊，總是既定似的走過固定的地方。和Tyra的眼睛一起看到的附近，即使在雨中，也有一點閃閃生輝。

因爲Minton也來了，一起去茄子大叔吃咖哩，回家。Rocketiida是我相當喜歡的一對夫妻。

5月23日

《South Point》*完成，對中島比平常更關心，聽到許多有趣的事。最後，和小不點一起漫無頭緒地找《航海王》十六卷。但那是DVD、漫畫還是總集篇？是一個謎。打電話去他家問，連電話號碼都是錯的，他還說：「如果不對，我很想知道是什麼號碼？」眞是解謎過度、頭昏腦脹。而且，在那茫然之中還能隨機說出超敏銳的反應（ex:「這一列中沒有一本是我裝訂的書。」）太有趣了。怎麼那麼有趣好玩呢?!

5月24日

爲集中旅行的日子做準備，去做羅夫按摩。腿部有力，得到實證，超高興。我除了腰部脆弱，身體也很弱。爲什麼還不時來個緊湊慌亂的行程呢？因爲顧慮別人，所以不計較負面結果。一旦養成計較負面結果的毛病後，覺得穿著濕衣服走進只有流

＊《サウスポイント》，作者二〇〇八年由中央公論新社出版的著作，並於二〇一一年重新推出文庫版，裝幀設計就是後文的中島英樹。本書是兩人合作的開始。本書繁體中文版未出版。

行性感冒病患的病房、深呼吸一下都會確實破壞身體，可是相當多的人都看不到這點，所以假裝不知道。

5月26日

Hula班的聚會&結束。

這一班，大家都帶著親切的心情來到教室，經常上舞台的人和資歷很深的人都帶著愛心展現各種風範，眞的是組成一個大圈圈的好班。痲美和順子的緊密搭檔也很重要，惠子班長的一視同仁感覺也很好。露亞娜雖然沒來，但她參加這個班，大有幫助。總之，資歷深的人都不會特意引人注目，反而謙虛製造出大家都很優秀的狀態。

我曾經上過其他的班，參加發表會後的慶祝會，那時覺得「這樣不行，不能表現Aloha的心情。」每個人都有自己的小圈子，不和別人交流，藏著意圖。這一班剛好相反。班級中心有Kumu和Kuli老師，但有茱迪在，還是最重要。她帶著笛子來，畫畫，體貼沒來的人，努力讓大家融入曲子。那樣厲害的人在這裡！這種想法既讓大家緊張，也安心。

完全不在意那些功勞，哭哭笑笑，到今天還是美女的她……，如實展現自我的人最美。那是相處越久越會喜歡的人。

5月27日

約了雅子，一起去看西藏㹴犬。

一開始就決定要那隻中意的小黑狗。雖然在果凍走了以後，想找一隻很像果凍的小母狗，但不知爲何，就是想要那隻。在看小狗時只是專心而已，但看到狗爸爸狗媽媽時，因爲都好像果凍，我和Hirochinko都哭起來。小不點立刻對小狗吃起醋來，未來相處不太樂觀。

在這種時候，牽掛福島的心情並沒有消失，只是因爲知道這是最後一窩和果凍有親戚關係的小狗，自然偏向這邊。

飼主夫妻還是與十七年前不變的老實好人。

放下心頭重擔，和次郎君去吃鰻魚飯。他預約到指定的店家，還在裡面悠哉喝啤酒，又問說：「今天的魚骨煎餅？」好像已來過幾次，其實是第一次，大家都很訝異。雅子到最後都不相信。永遠看不出是第一次來店的男人！

5月29日

京都取材第二波。因爲京都不能隨便寫寫，需要綿密地取材。

和原先生及小圓會合。石原來遲了。去麗香供應食材的余志屋。什麼都好吃，小鍋蓋飯也豐盛、便宜、好吃！

探訪林海象先生的酒吧，偵探心情發揮後，他本人、太太、朋友及Lovejoy Bikke（寫了很棒的詩）都在。一陣談笑後，發現他太太那個眼神晶亮的朋友竟然是星依子*。哇～！火速熱切表達我是多麼喜歡「B＆D」。因爲太喜歡，差點寫信給她。了無遺憾！

不過，漫畫家眞的很像畫中人哪。

* ほしよりこ，日本插畫家，「B＆D」是她自二〇〇八年起爲雜誌《ku:nel》連載的單頁插畫作品。已有多本圖文著作，繁體中文版未出版。

5月30日

GRANVIA飯店早餐的品質超高！但是動線成謎，來來回回走了幾趟。不知爲何，在巨無霸蛋包飯的盤子後面煎蛋包飯！我這樣寫，完全沒抱怨的意思，我是眞的喜歡這家飯店，每次來住時都有「回家」的感覺。因爲可以體驗旅行剛開始的興奮，我最喜歡在第一天深夜時抵達這裡、安排明天的計畫。

去貴船和鞍馬溫泉，安靜度過雨中的一天。

和眞由美碰面時，天已放晴。

眞由美昨天說因爲截止期在即，明天不能見面，我拚命說服她，今天先見見面，聊一下，一起去吃雞肉鍋。

全員包括狗，發現是「小眞」時，立刻組成「小眞家族」。家族歌曲只有一首小不點推薦的伊勢丹的buyer's song。歌手是原Masumi。♪賞櫻花，吃便當，伊勢丹的buyer，美味推薦♪

你究竟是從哪裡知道buyer這個詞的啊？

聽眞由美敘述一路走到公開募集展截止的過程，眞是波瀾萬丈，吊著點滴爬上大文字山，走過一遍「大」字後寫出「大」字，雖然星期天就是截止日期，但巨大板子剛剛才送到，已經不知該說什麼。我去參觀作業中的工作室，像是男人工作的地方，叫人感動……。

到上賀茂神社散步後，去MINA*和MERRY-GO-ROUND*。每次去MINA，就覺得自己是個粗魯的魁梧女人，今天聽小不點說：「媽媽身材寬大，所以心也寬大呢」，更有那種感覺。在MERRY-GO-ROUND篤定地買書，而且都是大書。

不受女服務生那京都特有的冷漠表情挫敗、不停要求「再來一碗雞湯！」的小不點，聲稱「雞的品種是祕密」的女服務生，當面說「這祕密你知道呀」頂回去的眞由美，都是厲害的人。興奮抵達星野屋。桂川的水量增加太多，變成濁流，碼頭半浸在水中。濁流滾滾。聽說昨天休館，只差一天就住不到了，又慶幸不已。

比輕井澤更有在大自然懷抱的感覺，窗外只見綠蔭，眞的好棒。不覺看得入迷，獨自坐到黎明。像這樣，即使沒有溫泉，我也毫不在乎。

---

* Mina西班牙文意思爲「寶山」，台灣觀光客都知道這裡有全京都最大的UNIQLO，原因即是該企業開設的購物中心。http://www.mina-kyoto.com/index.php

* 「Merry-Go-Round」，兒童繪本專門書店，京都店是分店，店內約有四千種以上的繪本與童書。http://www.merry-go-round.co.jp/kyoto.html

5月31日

吃完蔬菜豐盛的美味早餐，請石原開車到車折神社，送還守護符（我發現邊見艾蜜莉和邊見瑪莉一起來時，小不點卻一直大聲喊說「原Masumi是有名的插畫家喲！」……真可惜），也順路去晴明神社，少女的聖地惠文社。雖然各有所好，但是關於書的選擇，我還是Gake派。

去不期而遇的粉絲野村告訴我們的燕子咖啡廳，和眞由美會合，爬大文字山。絕不知道我眞能爬……。抵達「大」字的頂端，在原Masumi的協助下設法下山。美麗的景色。好想每週爬一次！京都眞好。

在神馬和石井夫妻會合，一起喝酒。石井果然很像他的作品，總是如實畫出人的脆弱和差勁之外，畫中的空間廣深，很像電影，他本人也這樣感覺。那種喝酒的樣子，總是出現在差勁的人身上！但有著絕不差勁的光采。

小不點這回也是緊緊黏著超可愛的石井太太。大家渴望嬰兒，像爭奪橄欖球似的搶著抱Hitohi君！

又去了一家輕鬆愉快的店（有很多這種店，也是京都迷人的地方），老闆是千葉縣人，原先生和向井君也來自千葉，這裡成了京都市內千葉人口密度最高的空間。

回到旅館，小不點在看不太好的仿諷動畫，有相當醉意的石原認眞地勸他：「這種東西愚弄認眞創作的人，眞的很不好，不可以看哦！」我好感動。醉得那麼厲害還能眞心說出那番話，因爲眞的重視創作。

6月1日

再見，美極的星野屋……下次一定要坐船！

每天看著綠蔭和青蛙卵，好幸福。

Gake書房還沒開門，先去NAYA咖啡，難以相信的小頭俊臉帥哥幫我們泡茶，每個人都眼睛一亮。

然後去Gake買書，再去Ookini屋。讓顧客以這樣合理的價格遍嚐美食的老闆，人非常好，是我很喜歡的店。

謝謝你，京都！

6月3日

回娘家。雖然因爲很多事情大爭執，但是心沒有亂。

好奇這種不亂究竟是怎麼回事？甚至想分一點給青春期的我。那常常爲一點小事就那樣心緒紛亂的我！

儘管如此，姊姊依然乒乒乓乓煎她的牛筋好味燒！

以前家裡養的、如今放在娘家的法蘭克病危，這可能是最後一面了。動物爲什麼都會先走呢？

6月4日

去戶隱。

和順子、麻美、冬香。

我沒想到生命中會有和這麼多美女一起旅行的日子，小不點也沒想到吧。聽說去的是她們，興奮地說：「這是我人生最大的紀念日！」或許吧……和這樣的美女同遊、一起泡湯，大部分的人一輩子都不可能有吧。

戶隱這地方很優閒，所見都是好人，路邊野花盛開，像是天堂。神社占地範圍相當遼闊，這是能夠同時守護聖域和大自然的祕訣。

小不點在泡湯時太不客氣地盯著大家的裸體看，大聲喝止他，氣氛更尷尬……！

在江原推薦的旅館享用蕎麵懷石。

直到睡前，小不點一直偷襲穿著性感浴衣的冬香。

6月5日

麻美一早起來就說：「總覺得一直夢到各種性騷擾，但原因只有一個。」抱歉……。

也知道美女們起床時就已經是美女了……。

今天眞的去爬山。

從小鳥池到鏡池、奥社的路程，除了最後的階梯部分，都很平緩，尤其是鏡池附近，以爲是天堂。男女老少笑嘻嘻地徜徉在草原上，池水映著美麗的景色。

奥社前面，有棵難以置信的大杉樹。

多麼好的一個地方啊。以不可置信的美好狀態保存至今。

檢視所有的女性後，腳踩休閒鞋、肩揹Ferragamo都會包、太陽眼鏡掛在額上、提著朝鮮飴紙袋晃來晃去的麻美服裝最俗麗。以那種感覺爬上那樣吃力的階梯，眞是厲害……超感動！

買到長年想要的鳥造型糖罐，吃了甜點，和冬香討論了御宅族，和順子買了麵包，悠哉回家。好棒的旅行。

6月6日

馬可順路過來，幫我看看家裡的動物。

小玉每次出來時，他都感動地說「噢噢、你來啦！」讓我覺得自己養了珍貴的動物。

天氣超好，貓兒平靜，小不點也優閒，只能認爲這是馬可的神力！在總是像運動會那樣吵鬧的我家。

6月7日

和上野圭一先生*對談。

太像我想像中的人，沒有一點失望，很高興。

從《Nature High》開始，他一直存在我的讀書歷史中。

雖然緊張，但看到幸福、不讓人失望的長輩，就會湧起希望。

和要去仙台當志工的小舞，在熟成室乾杯&晚餐。眞是不錯的小館。可以適量吃到喜歡的東西。大胃王的我雖不想說，但這裡的飯量太多！

* 日本針灸師、翻譯家及民俗醫學家，翻譯許多關於身體自癒整體醫學和替代療法的著作。

6月8日

我人在豪德寺時，法蘭克死了。

因爲這裡正是貓的廟，我覺得很有意義。

HOQUBA的乳酪菠菜很好吃。街上的名店眞的是綠洲啊。

帶著悲傷去KOKOPELI，紓解因爲肌肉痛而皺縮的身體。腿的肌肉硬邦邦。是登山過度……！

支援婦女會的眞美寄來讓人開心的郵件。有這麼像是奇蹟、像是天然紀念物的懂事之人嗎？爲什麼會讓我遇到？對這個世界的神祕，感到緊張而興奮。

6月9日

回娘家向法蘭克做最後的告別。看見他變冷的身體，想起果凍。法蘭克也十七歲了。好漫長的陪伴。感覺他在上馬還是最近的事，其實是很久以前的事了。

上完Hula回來，去尚美的道玄餐廳，這個時候吃韓國菜的肉膾，實在太好吃，以至於忘記肉膾是個問題。明明確實看過伊勢白山道說，不要吃生肉！

去送小紀，回來時在那一帶閒逛。最近的百軒店和三軒茶屋巷道內，餐飲店活力充沛。幾乎可以聯想到「戰後」這個詞。而且不是荒涼的活力，很好～。

6月10日

應Rolex的布魯斯之邀，趕去看元千歲、中孝介和坪山豐的演唱會。感覺年輕後輩才華再厲害，也不及坪山老師，那動人的歌聲，以及深度。

那種「因爲有老師，所以激發成長；因爲有老師，才能前行有路」的安心感傳來，讓我更加感動。薑是老的辣。

布魯斯、Ojii、高砂夫妻、福岡老師等，認識的人太多，好像在開同學會（什麼的？）。

6月11日

Iihosi的展覽會。她先生做的洋羹很好吃！小狗Pom好可愛！

優閒漫步中，有走過潮濕梅雨季節的感覺。漸漸放晴的舒服感覺。因爲喜歡夏天，一秒鐘也不想浪費夏天，那種心情日甚一日。很想告訴年輕時散漫的我。

6月13日

跟著Hirochinko的工作，去看一個改變很大的人。那個人在改變以前，是宮城人，聽了很多非常難過的故事。無處可去的疲勞將他包覆，只想愉快吃飯。雖然只能展現這樣的體貼，但不論間接或是直接，只是爲所能爲。

看到許久不見的百合和阿茂，很高興。年輕、柔軟、總是帶給人們開朗心情的一對。

6月14日

和會計師含淚話別，收起有限公司。

因爲打算漸漸脫離社會性的工作，心想這時期剛好。

和早川及不可思議的通靈人釘宮女士喝茶。

她好像眞的什麼都知道，而且威嚴堂堂。

聽著她那不可思議的人生故事，眞的有很多比小說還奇異的人生啊！不論寫過什麼，必定還有更奇異更厲害的人。

6月15日

和即將當媽媽的小柳、永上，進行每日新聞社的討論。

不知爲什麼，看到他們，就有說不出的放心。

畢竟，最近實在很少快樂工作的人，因此，看到每日新聞社的人，確實感到興致勃勃。

6月16日

心想Hula下課後直接去夏威夷，是理想的安排！不料候機室人潮擁擠，匆忙慌亂的啟程。

在飛機上猛睡，下機時精神奕奕，第一天就和千穗、米可會合，去買小紀推薦的涼拌鮪魚，帶到坦特拉斯山丘（Tantalus Lookout）*上吃，不覺走到馬卡普岬角（Makapu'u Point），意外過了激烈的一天。

怎麼有這樣美麗的景色！美景無限。

夜晚，帶著隨興的感覺，到千穗家庭院B．B．Q。

讓男生去烤肉，我們靜靜喝酒。

* 歐胡島上的熱門景點，山頂有夏威夷州立公園，觀景台是眺望全島的絕佳位置，雖然夜間全島觀景台都不開放，所以坦特拉斯山成爲觀賞浪漫夜景的首選。

6月17日

獸皮艇（Kayak）。

超級迷戀這種小船的我，不管天氣多麼惡劣，風勢多強，因爲抓到訣竅，越划越輕鬆，眞想永遠划下去，可是天氣對初學者來說，太嚴厲，划到小島的雄心受挫。因爲海浪太大，掉到水裡，恐怕褲子會鬆脫……。

風平浪靜的時候再來試試。

小不點坐著上級者的船到達島上，一年前還怕海水，這回充滿鬥志，長大了！感慨無限。千穗和我分享那種感覺。光是養育小孩，就給周圍帶來希望。

小紀的運動神經很好，今天也讓我深深佩服。

晚上去最喜歡的餐廳12th Ave Grill，點了很多東西一起吃。什麼都有，店裡的人感覺超好，超過癮。

6月18日

是回國的日子（緊湊的行程），鼓足精神，早早起床去吃飯。

KAHALA的早餐……是很豐盛，但不算超級澎湃。不過，這是一家非常均衡的飯店，裝潢品味整體很好。服務完美。停車位充足，這點也很好。

去Keaiwa Heiau散步，享受森林浴，去牛尾湯店，大啖美味的肉與湯。然後去Down to Earth採購，享受昆布茶和甜甜球（malasada）（千穗跑去買來，好吃得停不下嘴！）喝完咖啡，去機場。

好愉快~！來去匆匆歐胡島。可惜，漂亮衣服飾品店一間也沒逛！

6月20日

意想不到的精神飽滿。大海和綠色果然好！充電十足……！

因爲Akko姨媽來了，回娘家去，做完按摩，送她到駒込。陽光燦爛，風很舒服，初夏的日本也不錯啊。

6月21日

艾玲*一身讓人幾乎流鼻血的撩人裝扮來訪，我嚇一跳。模特兒級身材的美女，心地善良，聰明、堅強、天眞，能吃、能喝，能哭、能笑。眞讓人無法不感嘆，健康就是這

---

* 艾玲小姐，作者的友人，在台灣工作發展的日本人。

樣。這才是人類眞正的模樣。

艾玲媽媽是如何以生命爲優先而養育她的呢？那份高明，令我愕然。厲害。但是，拜那份努力之賜，很多人光是看到艾玲，就會驚覺，想要改善自己的生活，讓我深深感到那股超級力量已還給社會，不是無效的努力。養育一個人，是無可替代的重要大事。

吃烤雞肉串，喝了許多啤酒，悠哉走回家。

6月23日

去針灸，時差失調和針灸的力量，讓我在歸途的車上睡得像死了一樣，到家後迷迷糊糊繼續睡兩個小時。

這麼一來，從沉重的疲勞中復活，在黃昏時天光還亮的良好狀態下看《群青學舍》，太過投入，差點哭了。世上竟有這樣好的漫畫！謝謝冬香借我看。

6月24日

我對瑟多納釋放療法*沒有像對荷歐波諾波諾回歸自性法*那樣有興趣，但仍覺得Lester Levenson的手記很精采。主要是時間吧。以前只思考理論，現在會去感受。

與聯合國相關的紛擾終於打上休止符，決定十月去羅馬。

永遠珍惜飛到新世界的喜悅。

慶祝歐胡島歸來，和小紀去吃好味燒。跟小不點說：「阿姨照顧你，要說謝謝喲！」他就說「謝謝照顧」，不但很沒誠意，還故意唸著「身邊的寶貝」*，哈哈大笑……。

---

* Sedona Method，一種獨特的釋放技巧，由美國人Lester Levenson（1909-1994）所發明的一套有效且簡單易學的釋放工具，幫助人釋放內在壓抑的情緒，喚醒釋放本能，走出抑鬱和自卑，藉以幫助現代人擁有喜悅和自由的人生。影響成千上萬的追隨者，暢銷書《心靈雞湯》的作者也是此釋放法的信徒。
http://www.sedona.com/home.asp

* 源自夏威夷傳統心靈治療法，Ho'oponopono原意是指「使之正確完美」，藉由對個人自性本我的了解，來達到心靈均衡。後來發展成一套問題解決法，荷歐波諾波諾回歸自性法（Self I-dentity through Ho'oponopono®）。國內暢銷書《零極限》就是源自這個概念的心靈成長工具書。
http://hooponopono-asia.org/tw/

* 《身邊的寶貝》，吉本的新書名。

6月26日

和小不點去附近的餐廳，他爬到吊床上晃蕩，慢吞吞吃飯，說：「這是目前爲止約會中最快樂的一次。」男生跟我這樣說，是第一次。

雖然完全無關，但我的朋友中有個非常漂亮、只是講話毫不客氣、語驚四座的人。而且聲音超大、響亮。因此有很多驚人之語，但我覺得「最厲害」的是，她聽說我們都認識的整骨師和美女結婚時，笑著說：

「那個胖子的手法很明顯，剛開始時，讓你認爲『這胖子喜歡我？別開玩笑』，然後卻表現得很冷淡，反而使人動心，越是美女越容易上鉤，完全是有心機的作法。」

店裡的人都聽到了，不知道的只有當事人，話說到這個程度，有夠爽利。

6月27日

看到許久不見的Sehata先生，完全沒變，放下心來。

這樣堅定不移的人實在少見，因此讓人感覺舒服。專注某種事物的人生，果然心情舒暢。專注之時，並非看不見其他的東西，而是可以果斷地在看得清楚的許多事物中取捨選擇，因此可以得到更多。比不管三七二十一去做漠然看見的事物，可以實行更多。

6月28日

小不點在這間學校的最後一天。

因爲是讀了五年的地方，感慨無限。老師都過來和小不點話別。這是他非常用功讀書的學校，想不到他雖然小，卻能那樣努力。我在學生時代，可能都沒那樣認眞過。

謝謝。含淚告別。好老師們，人數雖少但溫暖的學校。

心緒落寞，加上疲勞一湧而出，午睡沉沉，醒來時心神暢快。

6月29日

爲領卡布里文學獎，走！去卡布里。

可是！歐洲線的飛航時間太長……！無聊時間太多，只好看電影。

《黑天鵝》是以恐怖的手法拍攝，現在來看，相當受用。心結消失後、舞蹈沒那麼精彩，也是厲害。不過，演出精采。

接著看《玩命記憶》，雖然這是爆雷，但對一開始的設定，我嫌他天眞淺薄，因爲「這種職業的人不可能忘記拿公事包，而且不跟同伴說一聲就火速去找，不再回來。有受過訓練嘛！」

最後看的《奔騰人生》，是描述馬和黛安．蓮恩的電影，很精采，好久沒有想起馬的迷人之處了。

到達拿坡里時，身體已完全睡著，但拿坡里港附近熱鬧喧囂如常。Giorgio順路過來，吃過簡單的晚餐，猛睡。

6月30日

走！坐船去卡布里。

主辦者安傑里尼*夫妻來到港口。登上懷念且睽違許久的卡布里。這個季節來是第一次，驚訝紫外線超強。

飯店在卡布里市區中心。因爲只能去Anacapri地區，雖然驚訝這裡的大都會風情，但仔細一看，這大都會的面積連沒有方向感的我都可以立刻掌握。

晚上坐纜車到港口，在港邊的美食餐廳和安傑里尼夫妻吃飯。只有我們家人抵達，用「突擊英語會話」，勉強可通。非常優雅且有文化氣質的一對夫妻。和他們談話時，感覺像在NY。歐嘉女士的文靜氣質和類似日本人的纖細，令我感動，「有這樣的人啊！」這也讓我感覺他們不是住在義大利的義大利人，而是住在紐約。我不是說義大利不好，而是環境的不同。

* Claudio Angelini（1943-2015），義大利卡布里獎的主辦人，不幸於二〇一五年六月過世。

7,1-9,30

7月1日

其他人都還沒來，也無事可做，心想先上船，繞一圈試試。又是用突擊英語會話殺價（雖然殺價，還是被敲竹槓），總算坐上船。輕鬆躺著，優雅地遊覽兩個小時。藍洞*沒開放，只看了其他各式各樣的洞窟，眺望島四周的美麗懸崖。外海的浪很大，結果暈船了。想到藍洞不開放的日子就是因爲海浪很大、別坐小船出海比較好，爲時已遲。

忍著沒嘔吐，東倒西歪地到港口接小敏，拿坡里過來的船當然也搖晃得厲害，暈船的小敏也東倒西歪地下船。

到港口接人，無法形容的愉快。

＊ 藍洞，Grotta Azzurra，卡布里島上最著名夢幻景點，因海岸線多懸崖峭壁，此爲海蝕洞，海水反射光線所致，相傳是古羅馬皇帝的私人浴場。

7月2日

漸漸進入工作模式，先開記者會。共同通訊社、讀賣和時事通訊社的人夾在義大利記者中，不能自在地講日語，有些緊張。但還是壯起膽子。賈拉也來了，簡潔俐落地幫我翻譯。她各方面看來，都像日本能幹可愛的小姐，連小不點都覺得不可思議，她不是日本人嗎？

Giorgio和拓司抵達。一起吃午餐。

因爲難得，坐巴士到隔壁的小鎮Anacapri，去看曾經是Axel Munthe*宅邸的Villa San Michele。這是第三次來，每次看都覺得是個好房子。占地寬廣，沒有奢侈的東西，因爲本來就是遺址，地下挖出來的東西，不經意地埋在牆壁裡呼吸。很想過這樣簡樸美好的生活。不知什麼時候開了咖啡廳，優閒喝杯茶。有熟知義大利的拓司在，可去之處很多，眞的讓人放心。

* 十九世紀末來自瑞典的貴族醫生蒙特（Axel Munthe），在羅馬行醫退休後，在卡布里島定居十五年之久，而他的故居聖米榭雷別墅，洋溢著古羅馬的情調，如今也是島上的觀光景點。他也將在卡布里島的生活寫成翻譯多達四十種語言的名著《聖米榭雷的故事》。

晚上是頒獎儀式。飯店樓頂設置了雅致的會場。可以環視卡布里夜景，黃昏的天光極美。

我和女演員席薇亞一起朗誦〈玫瑰花〉的歌詞。

席薇亞的爺爺有非常動人的玫瑰花故事，她告訴我，我們聊了很多，感覺很投緣。

晚餐時，聽著贊助人之一、八十多歲仍精力充沛的多蘿蒂亞的坎坷人生。她父親是義大利的大企業家，她是唯一的繼承人。幾乎沒和日本籍的媽媽相處過。乍看有點可怕，其實有著見多識廣的人特有的寬容，容易交談。

日本其實也是這樣，在義大利，更有著只從顯而易見的服裝、鞋子和首飾就可清楚知道那個人屬於哪個階層、抱持什麼人生觀的社會體系。

眞正有錢的人，首飾等級不一樣，服裝長度及素材也固定，帽子也不同。關於TPO（時、地、場合）的相應服飾有徹底的規定，基本上沒有讓人一目了然是什麼牌子的東西。絕對不是想要高攀就能進入的世界。

說到一目了然，例如說叶姊妹*，有人說：「住宅等級雖然不那麼高，但是經營企

＊日本雙人女性藝人團體，以巨乳貴婦為賣點，兩人並非親姊妹。其中叶美香是一九八八年日本小姐冠軍。在節目中以炫富及尺度大膽著稱。

業，人脈很廣。她們能夠堂堂利用女人身分，是因爲顧客等級非常高，所以不可小覷。」她們絕對是按照服裝規定（dress code）而行動，那些服裝和行動模式都基於她們的實際生活。一點也不誇張。

同樣地，在藝術家方面，也是一看就知有幾分偏向藝術？和什麼人交往？是不是有錢的藝術家？我的情況一看就知是「有嬉皮傾向的小富婆、見過世面、有專業藝術修養。」那是一種憑藉外表的主張以達成初次交談的制度。

眞正的上流階級聚會之處，想沾點好處的人像非洲土狼般群集而來。

從那樣的歐洲人來看，肯定很難理解一般的日本人。

7月3日

超級忙碌的上午。訪問、拍照、和學生座談、還是拍照。座談會上夾雜許多怎麼看都不是學生的人，加上Hirochinko就坐在眼前，反而慌張。

因爲太緊張，最後偷偷逃出去吃午餐。在廣場裡面的那家觀光店，便宜好吃。可惜疲勞過度，肚子不餓！水管麵（Paccheri）太好吃，但是吃不完，大家分享。和小敏含淚道別，寂寞得發呆。

晚上接受女主人多蘿蒂亞的招待，在Ligori家別墅開庭園派對。電影裡面出現的華麗豪宅&庭園。

專屬廚師不停烹調豪華大菜，自行取用，大家隨心所欲拿著盤子取菜，侍者一旁服務，樂隊演奏音樂。

像是長年優游社交界、從事貿易的老夫妻穿著輕鬆的禮服陸續光臨，氣氛華麗。參觀可以看見海的臥室，整齊排列華麗服裝、鞋子、帽子、皮包的穿衣間……，我們這一群好像只會說「想喝葡萄酒哪」、「糟糕、裝太多菜」。

除了小不點，二十多歲的賈拉和她的男朋友最年輕。一身亮晶晶的可愛大叔向她積極示愛，拓司實況轉播起來，格外好笑。「剛才，有人摸我！」「靠得太近了嘛！」我這輩子是進不去社交界了。

途中，多蘿蒂亞那個相當幹練的兒子來了，炯炯有神的眼睛，反映出這個家族過去的一切，我頗有感觸。我的驚訝當然也傳達給他。「不容易哪」「不容易啊」，我們無聲地交談。

大企業家的女兒和外孫，是不能過普通生活的人。是正面承受命運、掙扎生存下來的強者。

7月4日

去送Giorgio和拓司*。

早上的卡布里有點像清晨的下北澤……夜晚熱鬧過後特有的荒涼感。

從陽台俯瞰已經熟悉的懸崖，不禁感慨，忙啊！小不點每天接受Hirochinko的按摩實技特別講座，好羨慕。還說：「不靠媽媽，就不能幫爸爸按摩了。」每天早上一醒來，像小狗般從遠遠的床鋪跑過來抱著我，好可愛。

下午，一家三口去坐Solaro山的纜車。人生中最恐怖的纜車。懸掛在高空，慢慢坐到

---

* Giorgio和拓司是作者朋友中的一對同志愛侶。

山頂。途中，我不停想像：「萬一，涼鞋掉下去怎麼辦？更糟的是，涼鞋掉下去，我一驚，手一鬆，也掉下去的話，必死無疑。」在這爬過的高山中屬於頂級的高度，海鷗看起來像螞蟻、船看起來像豆子。

回程的纜車也超恐怖。這回又想像：「從皮包拿出相機，不小心掉下去，我一驚，也跟著掉下去……」緊張不已。

因爲難得，前往藍洞，在那上面的美味餐廳裡，小不點突然流鼻血，雖然是高級餐館，工作人員非常親切，讓他躺在摺疊躺椅上。我過去看情況時，小不點在哭，我問：「怎麼啦？難過嗎？」他說：「我好喜歡媽媽，媽媽咚咚咚咚、從那個樓梯下來看我，太高興了。」聽了，總覺得有一點點不爽。

回到飯店，最後的晚餐。餐廳人員已經很熟悉，和鋼琴師也變成好朋友，因此依依不捨。再見，卡布里。

7月6日

呀，歐洲已遠……。

想到只是暫時不會再去，還是落寞。想到以前幾乎每月去一次的時候，更是難受。想著還沒結束吧。

累成這樣回家，是小不點還很小的時候才有過。因爲累癱了，索性豁出去，去牽牛花吃拉麵。懷念的湯頭滋味！

趴噠、往床上一倒，睡了十一個小時。

7月7日

去上Hula。睡足十一個小時，神清氣爽。因爲腦袋清明，覺得大家跳的高難度舞蹈是我難以達到的難度。我很想說，這麼高層級的舞蹈我絕對不行，但還是想辦法試試，相信大概可以吧。

一起去麗鄉，快樂吃湯麵。平常個性溫厚的麻美突然毫不掩飾對海螺小姐塔拉的怒意，大家很感動。人有千百種哪……！

時差失調造成生理時鐘大亂，不知是睡著還是醒著的奇怪日子開始了。小不點自然地在看電視，我放下心來，但發現內容怪怪的有些色情時，已經過了兩個小時！糟糕！

7月8日

帶小不點去看牙醫。

竟然沒有蛀牙！因爲每天很認眞刷牙。感動！

感動之餘，隨口跟蓮沼說：「想現場聆聽〈紅色甜豌豆〉＊。」於是去武道館，幸運買到當天的票。蓮沼在這種時候的直覺超厲害。絕對可以信賴，但層級太高，我完全模仿不來。是我人生的導師！

急忙叫出小紀，一起去看。在長年專業研究松田聖子的小紀指導下，安心地欣賞。

聖子唱得眞好！很多好聽的歌曲，感動十足地離開。在旅咖啡和家人會合。親切的店員看到我用力打了不好好吃飯的小不點，嚇一跳……抱歉～！我一直是這樣，但我們母子關係親密得很，沒事的。

7月9日

專心休息，有心恢復精神，但因爲太累&家中太髒，精神時好時壞。

時差失調的痛苦和失眠的痛苦相當類似，既然這麼嚴重，索性放棄對抗，意外感到輕鬆。只能等待嗎？在日本時，只能等待身體想念我。看到勉強休假趕去卡布里的Hirochinko爲積壓的工作奮戰到半夜，感謝的心情一湧而出，但與其以現實的努力（煮飯啦、盡量待在家裡等等）回報，不如保持健康開朗。感覺夫妻的相處方式更上層樓。

＊〈赤いスイートピー〉，松田聖子一九八二年冠軍單曲，人氣至今不墜。由松本隆作詞，作曲人是松任谷由實。

7月11日

跳「鄭多燕健康操」，一公斤也沒瘦，但因爲跳得很認眞，肌肉結實，順便做平衡球運動，但超級艱難。前所未有的艱難！不過，知道果凍在幫我加油，繼續做。

忘不了每次做運動時她就高興地跑到我腳邊。

回娘家做踩背按摩。Takasama踩得很舒服，埋頭猛睡，醒來時，又是前所未有的一大盤酥炸點心端上桌。姊姊太厲害了……。

長壽的法蘭克死後，爸爸非常消沉。到了這個年齡，最愛的貓伴侶死了，是什麼心情呢？聽說他在最後兩天像惜別似的睡在爸爸旁邊。接受蓋瑞和威廉的開導近十年，身體終於懂得，聽到傷心故事卻不被拖下去的意義。要是以前的我，會說「這是不負責任」。

7月12日

小不點在旁邊看我抽血，非常興奮。那太興奮的樣子讓護理師們驚訝。怎麼回事？

去吃義大利麵，幸福回家。

晚上去看飴屋法水*的《隨心所欲》。因爲劇本有決定性的問題，看得出飴屋和演員們陷入苦戰。不是說劇本不好。只是想法不夠深刻，無法契合飴屋的思想。關於這點，我和飴屋討論。更覺得這個人了不起。如果世上沒有這樣充滿智慧體力的男人，這個世界完了。

去大學時代就在、一直沒有勇氣進去、但這輩子想去一次的SUN濱名。是和蓮沼、加藤木一起去，但這三人組合的完美外表，看起來像是參加八大行業店的面試和選角。嚮往多年的SUN濱名，味道和別家一樣，但是格外好吃。

7月13日

和渡邊、角谷享受美食，同時討論。

雖然前景不明，還是訂立許多目標，心情快活。

大地震之後，這樣說雖然有點輕率，但我還是覺得，快樂的心情是這世上最重要的東西。不是輕鬆的心情，是快樂的心情。

在KOKOPELI繼續猛睡，聽著Matrix・Energetics。從阿關（美奈子）的語氣聽來，

＊日本當代藝術家、劇場導演、劇作家。八〇年代起以暴力色情的前衛劇場起家，隨後關注人體議題，一九九五威尼斯雙年展後暫停活動。二〇〇五年復出後，經常跨界與藝術家村上隆、音樂人大友良英等人展開各種實驗性的合作表演，創意不絕，目前非常活躍。

也似有好轉。

7月14日

拿到片山洋次郎老師*幫《Q健康？》寫的稿子，前往川崎致謝。片山老師的姿勢、說話方式、聲音。光是看著，心情爽快。

時差還沒調整好，迷迷糊糊的，腰也痛，心想這樣子不能跳Hula吧？但是去上課後，意想不到地輕鬆能動，甚至有精神起來。不可思議啊，Aloha的力量！

吃飯組都請假，和同樣有時差困擾的冬香吃著小菜、喝葡萄酒，大笑而歸。被兩個女孩圍住的小紀，簡直像受歡迎的男生。

7月15日

針灸。然後去吃飯、喝茶，在車上猛睡，醒來瞬間，全都恢復了。畢竟是名師。時差困擾到這個地步，也夠厲害的了。

* 日本知名的整體治療師，並主持氣響會整體道場。累積三十年經驗，由掌握每個人的「體癖」，搭配誘發骨盆深層的呼吸法，來觀察自己的身體並改善健康。片山洋次郎有多本繁體中文版專著在台出版。

傍晚，爲了答謝照顧，請Papa和小紀去吃La Playa＊。什麼都好吃！這裡的墨魚海鮮飯的澎湃感，史上最強。

觸及老闆絕對不是訴苦、只是述說如何度過大地震後艱難時期的感受，彷彿理解了那份美味的祕密。他對小不點也很親切，眞正的男人風度。

恰巧在座的粉絲夫妻也非常討人喜歡，感情融洽，聽著他們家人因爲參加婚禮而逃過大地震的故事，覺得能夠參與這些人的人生，眞好。

最後，小敏也來會合，成了單純的美食宴會！

7月16日

要把半直不直的頭髮弄回普通的捲髮，去美容院。

但只被當作「重新燙失去捲度的頭髮」的人！

店裡有美容院助手的美味料理手作食譜，拿起來一看，在烘蛋的最重要步驟處寫著「然後像平常一樣烤」，大受衝擊。

晚上，小郁請客，去吃EBESSAN。不停吃以乳酪爲主的小菜，等到好味燒上桌時，

＊ La Playa，位於澀谷區知名的西班牙餐廳。http://r.gnavi.co.jp/a594300/

肚子已飽。奈奈也來了，收到鮮花，又吃了冰，快樂回家。悠哉的星期六。

7月17日

去湘南帥哥之家。有流言說是在葉山，不知是誰說的？也有人說是在逗子，衝浪客不絕於途！還有人說小屋不見了，不知所措哩。眞是亂七八糟！

大地震後第一次去，擔心不知變成怎樣了？但只是抽屜開著，門牌掉落而已，其他完全沒事，放下心來。沒有雜物的生活萬歲！

不過，牆壁腐壞的部分不小，請蓮沼撕掉壁紙檢查，他還幫忙剪草，眞是得救了。受過蓮沼的剪草英才教育，小不點會有成長吧。到車站去接小紀和Papa，一起去美味的燒肉屋。拚命烤肉。改裝後，可以容納很多人。

蓮沼先離開，大家看《挪威的森林》到午夜。有這樣的故事嗎?!主旨完全沒變嗎？不過，菊地凜子那不尋常的好，讓我認同。太好了，她生活的舞台已經太不相同，演技的資訊量相差太多。是天才……！

7月18日

去麗莎琵的店，大野家族都在，嚇一跳。連嬰兒都抱到了，幸福。也想抱抱老奶奶，她迷人地拒絕說：「一直在流汗，今天不行喲！」阿桂一臉幸福愉快。

阿明的手藝沒變，一樣好吃。跨越各種機會的他有夠厲害。感受到他母親認眞養育他的心情，有點想哭。

我問麗莎琵：「你覺得超可愛的體育系社團前輩小紀，和超可愛的文藝系麗莎琵，那一個當上司最可怕？」

她說：「是我吧，小紀當時雖可怕，以後會忘得一乾二淨。但是我呢，恐怕會讓人留下一生難忘的深深傷害吧！」我聽了哈哈大笑，阿明說：「可以理解……」，超奇怪的。

看著颱風前的滔天巨浪回家。

光是看著湘南帥哥之家窗外的綠蔭茂密群山，便精神十足。再次覺得，夏天和大海眞好。

回到家裡，果凍不在，一陣黯然。上次去帥哥之家時她還在，這個時候突然深深感到悲傷。

7月19日

《Mrs.》*和《FRaU》的訪問。岡崎和《FRaU》的記者是業界兩大厲害角色，但有趣得不得了。

BONNE MÈRE
繽紛上市
甜蜜沐浴時光
喚醒愉悅美好心情
GEL DOUCHE
BONNE MÈRE
à la PÊCHE
Peach Shower Gel
L'OCCITANE
CUBE de BAIN
了解更多》
台灣歐舒丹股份有限公司 服務專線：0800-087-654 loccitane.com.tw

VERVEINE AGRUMES
2015果漾馬鞭草香氛系列
沐浴於盛夏晨光的清新沁涼
全新上市
VERVEINE
果漾馬鞭草淡香水
100ml NT. 2,080
L'OCCITANE
EN PROVENCE

看岡崎推薦的紀錄片《多桑的待辦事項》。

這個主角、亦即導演的爸爸，怎麼直到最後都能這樣清楚呢？不可思議。在活著已很艱難的狀態下，還能好好地行動、說話。是什麼力量驅動他呢？我想，是對堅固團結家庭的愛吧。若無其事地實現大家都認爲「不可能這樣存在」而要放棄的奇蹟，我的驚訝勝於感動。這部電影是個希望。

7月20日

陪失去Papa的千穗靜靜喝酒。謹致悼念。人，不管看起來多麼自私可憎，能照自己喜歡的方式而活，死的時候沒有遺憾吧。我和千穗很像，在常常上當受騙的人情味和憑著超強本能走自己的路方面，能夠保持平衡。即使如此，千穗的家族，在那種時候，依然充滿溫暖悅耳的好話。

拍下千穗喜歡的大叔和千穗的照片放到Twitter上，十分鐘左右，貴子飛奔而來，又驚又喜！

＊《ミセス》，文化出版局發行的女性流行雜誌，一九六一年起創刊，每月發行。文中的岡崎是指總編輯岡崎成美。http://books.bunka.ac.jp/onlineMRS/

7月21日

腰的狀況非常詭異，進三步、退兩步的……，總歸一句，坐了那樣久的飛機！現在如果亂來，會立刻閃到腰，放慢速度生活，才是訣竅。

即使去上Hula，也完全不能做8字型扭動。動作稍微大一點，左側即閃過一道劇痛，好恐怖，承受不起。心想這樣應該可以吧，設法做些能做的動作。只做能做的動作，這態度對差勁者來說，很重要！

在Punahele老師的正後方跳，看到他一次表現出來的訊息約有一千個，從而訝異自己舞蹈散發的資訊量之稀少。但如果是寫小說，我可以有同樣的成果，所以很清楚如何能夠那樣。大腦對肌肉下達動作指令，針對某個表現，整個身體微妙合作而動。我無法不覺得，在這樣著名的舞者身邊，可以看到其成長，是多麼幸運啊！

7月22日

小不點的同學會，去Ivo的店。因爲義大利的關係，我們和Ivo夫妻有許多緣分。

小朋友們許久不見，興奮得又笑又鬧，幾乎惹起其他顧客抱怨……，雖然覺得抱歉，還是設法安撫歡喜不已的他們。因爲大地震而疏散各地的，不只是東北地區的小孩。小不點也在某一天突然告別幾乎所有的同學。如今在日本，實際上沒有人不受影響。人生都改變了。

雖然感激不變的美味，但戶田能夠通盤掌握「今天大抵就是同學會和母姊會的組合」，設計提供不造成我們負擔的菜單，還是厲害。

一直親切協助古怪、老是遲到、缺乏協調性的我們母子的古谷家。如果沒有久美子，我們肯定早就放棄上學了。謝謝。

7月23日

和Hirochinko去吃壽司，他請客，高興得大快朵頤。

隔壁桌有個小女孩，只吃鮪魚和蔥花中腹捲，她和爸爸在一起，有點無聊，看到我們的吃相、聽到我們的談話，噗嗤而笑。總是從童心出發。長不大的四十七歲之始。

麻美寄來超有感覺的信：「生日快樂！最愛敏捷、獨特的芭娜娜！」我回信說：「是明天。」別錯過囉～，情敵呦，我是風華正茂哦！

今年過年時，聊得最多的是小紀，生日整點時分講電話的也是小紀。這樣，被人家認為是在交往，也沒辦法。

7月24日

非比尋常量的生日蛋糕和鮮花送到，有名人的感覺。

但沒時間打開包裹，即奔往惠比壽。我的Hula班正好出場表演，跑去看看。美女一大堆。小不點也很高興。

和順子先喝茶、吃河粉後，再去燒肉店開慶生會。

Giorgio、拓司和千穗這幾位海外組高手難得聚在一起。千里推出新的冷豆芽湯，非常好喝。

一起去唱卡拉ＯＫ，這些成員睽違一年的歡唱大會，好懷念！

千穗和小不點去店外約會，我問去哪裡了？

千穗說：「他帶我去漫畫店，問我喜歡石森章太郎嗎？我說喜歡《Cyborg 009》，他卻跟我說，有一部叫《Hotel》的作品很棒，可惜是石森這輩子最後的作品！根本不覺得是和八歲的小孩約會呀！」

7月25日

回娘家。心想，可樂餅的分量有點少，姊姊終於……，赫然發現可樂餅裡面滿滿的乳酪，衝擊感遠遠大於分量。不愧是姊姊。

爸爸的眼睛越來越看不見，我很傷心，非常難過。

可是，我也好像明白了什麼。爸爸向來親切睿智，做了很多事情，因此，很多人找他諮商，受人仰慕。如今有點癡呆的他，和我小時候期待的一樣，是只要他在那裡就好的單純父親。人生回到這個地步，是最有價值的一段。與業績無關。只要人在就好。能夠明白這點，是最好的事。

7月26日

去聽Kumu Sandii的演唱會，突然被一群像是電影《摩斯拉》裡面的超級美女拉上舞台，Kumu祝我獲得卡布里獎和生日快樂，心臟撲通、撲通地跳⋯⋯。

最近，看到Mahealani和Punahele跳的舞，感慨至極。那份不是今後要往哪裡去、而是活在此時此刻舞台上的天才風範。

那都是如果那天Kumu沒有下定決心爲Hula而活、就不會產生的光景。可見人們信仰力量的強大。唱歌時的Kumu眞的渾身發光，感覺她就是爲唱歌而生的人。那種不論聽眾中有誰、不、即使沒有誰、音樂都會抓住她的感覺。

參觀過幾個Hula學校，也聽過各種版本的夏威夷名曲，但心中永遠只想「伴著Sandii的歌聲跳舞」。只要有她的歌曲，跳得差勁也無所謂。

7月27日

身體狀況太差，沉睡好幾個小時，還是沒好。

唉，疲勞都滲出來了。慢慢地、慢慢地。

去上英語會話，跟瑪姬學習記憶法，眞的牢牢記住了，好驚訝。恐怕一輩子都不會忘記。希望再教我更厲害的記憶法！

去Ojii的展覽會露一下臉。心想，照片中的可愛異國人們是因爲看著他，才有那樣溫柔的眼神吧。一陣感動。

7月28日

今天也微妙地沉睡。

但因爲和蓋瑞、阿康、百合及小舞有約，打起精神去品川。

看到阿康聆聽蓋瑞敘述心臟病發作情況的體貼氣氛，有種難以形容的愉悅感覺。這就是愛吧！眞正愉悅的感覺。到達極致程度時，人會把別人的事情當作自己的事情來想。那是始終沒有感情涉入的眞正親切。

大家愉快聊著，是充實的聚會。但是內容……。

我和Hirochinko「小舞說英語時的人格比較受歡迎呢？」

我「看起來成熟嚴謹。」

Hirochinko「因爲隱藏住那份嚴重的阿宅感覺……」

蓋瑞「現在小孩玩的遊戲好厲害。看到我兒子家的Xbox虛擬動感世界後，感覺自己以前玩消除方塊，高興好像是假的。」

舞「還有大金剛、馬利歐、小精靈這些。」（她是說英語）

我和Hirochinko「不行哪，話題扯到這裡，就是英語人格也不受歡迎了，即使發音再標準，阿宅就是阿宅。」「終究隱藏不了啊……」

蓋瑞「我有十一個孫子，個個都是電玩高手。」

我「眞是遍地播種啊～！」

舞「那個，直接翻譯妥當嗎……？」

都是風馬牛不相及的對話。

7月29日

嚴重貧血，昏睡。站不住。但是，想動一動，去打太極拳。雖然勉強跟上，人還是迷迷糊糊。

回家後倒頭睡了兩個小時，匆匆起來，去參加自己的慶生會。今天是和麗香他們，在中目黑。

在奇怪的地方下車，迷路了，附近的居酒屋大哥像王子般突然出現，護送我到店裡。好棒啊～。

大口吃肉！然後把臉埋在美女們的巨大乳房中，摸摸她們的大腿，眞是酒池肉林！

胸部小的人幫我倒酒……。

喝茶時，上臂有被「長臉的狗噴出鼻息時夾雜的一點點鼻水濺到的」感觸，轉頭一看，順子忍不住笑出來，感動地說：「你果然是披著人皮的蘇俄牧羊犬！」那是只有和長臉的狗一起生活過的人才知道的懷念感觸！

7月30日

本來是小紀在附近的超美味蕎麥麵屋請我們母子，但只有今天能配合所有旅日外國人的方便，於是大家順便開起松田聖子「兩人的美好之旅」和Suga Shikao*「兩人之影」的卡拉OK大會。

Giorgio「松田聖子之後接著Suga Shikao，正是今天的流行。」（很像教授做的正確分析）。

蕎麥麵超好吃，小不點在平常只在外國見到的這些人面前超興奮，又鬧又跳，一直擔心他惹人生氣。

雖然大家像每天都見到面似的，其實住得很遠，不知何時再相見。看看我的父母就知

* スガシカオ，東京出生的創作歌手。http://www.sugashikao.jp/

道。即使是夫妻，如果不是非常努力也見不到面。有一天，我也會面臨那樣的日子。

因爲有網路，因爲可以用Skype聊天，即使那種日子來了，或許也不像以前的人那樣寂寞，但是，見面還是很重要。

7月31日

漫不經心地看《第四類接觸》，恐怖得半夜醒來時覺得更恐怖。我從沒想過那種恐怖。那是對動物、對人類、對惡魔的恐怖加起來除以二、再貼上屈辱包膜的恐怖！相當討厭。

心情低落，去吃牛雜火鍋。才晚上九點，隔壁桌的客人都醉了。以前只有在大學的文化祭結束時看到這種時候就已經這麼醉的人。心想怎麼回事？說「從中午喝到現在！」立刻明白。

8月1日

今天去看《致命突擊隊》。

因爲奈特．沙馬藍（M. Night Shyamalan）有參與，拍得很好。而且知道背景有善意，可以平心靜氣地觀賞。

在回家的電梯中，想的都是一件事……。

8月2日

和《MISS》討論。

討論去夏威夷做最後取材的熱心會議。

千穗眞的不可思議。只要有她在，平凡的一天就像施展魔法般閃亮，和她說話時，每個人的臉龐都變成玫瑰色，不是感到興奮，而是像看到了另一個美妙的空間。那種魔法的感覺一年比一年強。好厲害……，我誠摯地尊敬。

和那樣的千穗一起運動一個小時後，淋浴，愉快地去見順子。

這家小館超棒。

因爲店很小，不好寫出店名，只能暗示是沿著明治通、靠近惠比壽的小館。只有吧台座位，但是店裡洋溢著無法形容的愉悅空氣。內斂但不拘謹，清潔但不顯得神經質，確實有讓人興奮的感覺，表情和悅的夫妻動作俐落。

有這樣的店啊……，慨嘆只是一瞬間，因爲料理的品質太高。那是綜合Au Péché Gourmand等小館的優點加上超高技術、讓人頭暈目眩的美味世界！超出眾人「這個菜名大概就是這個味道」的想像。而且沒有「硬拗」的感覺。

當然常常客滿，這也難怪。完全沒有自恃這點而要求客人配合妥協的作法。光是看到老闆在那個小廚房裡毫無浪費做菜的樣子，自然爲他驕傲。

比我過去吃的任何法國菜都好吃。

讓我再次思考，在身心清潔的空間裡吃美味的食物，能帶來多強大的力量呢？

8月3日

電視終於播了。呼！

趕上勝俣君、小舞和小不點的《超級8》，跟了過去，因爲小不點說「不想和媽媽一起看」，所以和Hirochinko坐到別的位置，像約會似的看電影。

很棒的電影。

像《Ｅ・Ｔ》加上《七寶奇謀》那樣清新。

那個時代才有的緊密朋友關係。只以super 8規格拍攝的影像。只有初戀才有的純粹熱情。在那個時代度過童年的我，胸口緊緊得有點難過。大家穿著那種衣服，把別人的家人想做自己的家人，騎著腳踏車，自由奔馳在自己的城鎮，相信未來必定美好。

精確的映像技術。絕不依賴ＣＧ和音效，是經常思考如何把想拍的東西傳達給別人的拍攝方式。隨處感受到那種驕傲，令人感動～！

8月4日

因爲貧血、身體不穩，Hula時完全不知道在跳什麼。

但只有這種時候，才有機會掌握從最低位置展開生活的訣竅。

一切都順利的時候，絕對無法知道這個感觸。

那是「連這個都這樣了，健康的時候怎麼會這樣呢？」

其實會變成這樣，很簡單，是習慣了沒事的狀況，失去了珍貴的東西。那就是人。連走路都走不動的現在，當然想著只要沒有貧血、就……，但沒有貧血的時候，又覺得一切理所當然而亂來。

關鍵是，眞正珍惜地活出現在。

做眼前的事，只是生活。

因爲太虛弱，幾乎讓小紀扛著回家。老是麻煩她！

8月5日

小狗終於來了。

希望他像上一代的果凍，取名「咖啡凍」，漆黑的身上只有一小點白色，像布偶一樣可愛。

飼主夫妻有點不捨。他們是育犬專家，繁殖許多西藏㹴犬。不會疏忽任何一點變化，細心照顧，不會糾纏不放。很高尚的人。

我也必須好好地養他啊……。

回家時順路去附近的雅子家。

小狗在籃子裡沉睡，涼爽的房間中，我們一邊觀看女神卡卡，一邊享用雅子煮的超級好吃、完美得像店裡賣的民族風味餐。綠咖哩、春捲和湯都好好吃！整個感覺不但有迎接小狗之日的意義，也療治了失去果凍的悲傷。

在雅子家裡，她父母親健康地走來走去，各做各的事情，現在的我，特別依戀那種有點慵懶的氣氛，非常舒服。

在雅子的漂亮家中聊天，想到她抱著種種心情工作、我的書支持著她的那段過往，感到慶幸。

回到家裡，咖啡凍一直跟在我後面。在廚房時，感到一個熟悉的視線，轉頭一看，果凍在那裡，一樣地仰頭望著我。

這時，才眞正察覺，我是多麼寂寞啊。

爲了照顧家人而停止去想的寂寞。

8月6日

和Kumu的談話秀，雖然只二十分鐘，但Kumu太美麗耀眼，散發的光芒像果凍那樣柔柔飄向我，感覺醺醺如醉。怎麼有這麼美麗的人！聲音像音符，都是美麗的語言。

不想打斷太美麗的Kumu說話，我少說幾句可以嗎（好像不妥）！

《One Voice》*是非常好的電影。雖然是卡美哈美哈學校（Kamehameha School）合唱比賽的紀錄片，但投入學生唱的夏威夷的歌曲中，表情漸漸和緩，感覺爽快。

一起喝茶後，討論旅行事宜。小紀來家裡，爲小狗著迷。

＊紀錄片《One Voice》，台灣未上映。描述每年約兩千名夏威夷中學生以夏威夷傳統方言及音樂舉辦的歌唱比賽，已成爲當地電視台轉播的熱門文化比賽。http://www.onevoicemovie.org/

8月7日

和小不點、千穗、蓮沼去雀鬼會的海邊玩！

臉上突然流血的今川來接我們，一陣緊張……！

本來因爲貧血，不太想游泳，但一進入懷念的伊豆之海，身體自然想起海水，和會長一起潛到水底，探索各種生物。以前沒穿過蛙鞋游泳，在習慣以前，都以爲要淹死了，但最後想炫耀一下，採了最醒目地方的海螺（立刻游回岸上），好得意。

玩得太高興，貧血和消沉都一掃而空。

職業級潛水技術的千穗姿勢漂亮，「唰！」地鑽入水中，大家稱她「海螺姊姊」……！

小不點和魚一起坐船時，興奮得哇哇叫。弱！

眞的是靠大家照顧，從頭守護到尾，度過快樂的一天。他們比在町田見面時更耀眼，在大自然中，眞好。配合我們抵達的時間而行動，預約餐廳，讓我們先洗澡，總之貼心得不讓我們感到一點負擔。

帶我們去吃的五味屋，感覺非常好，每道菜都很好吃，很棒的餐館。避免浪費，年輕人努力吃喝的樣子也動人。雀鬼會眞是不錯。會長的女兒美得驚人，也令我感動。

千穗在任何地方都開朗耀眼，也令我感動。

美好的夏日回憶。

有偉大的父親，身邊有那樣的集團，以千金小姐的身分一起去海邊……這一切，都是版本不同但懷念的感覺。

8月8日

早上去小不點的學校面試。

通過了，鬆一口氣。新學校生活從秋天開始。大家會變成怎樣？興奮期待。

晚上去Tod's，感激地去拿卡布里獎的禮物。

眞是大方的好公司……！

也謝謝大美人宅間小姐。

對我這個只穿Tod's鞋的大腳娘子來說，那家店是救生索。

和石原、阿圓去La BOMBANCE。

整體看來，我吃得有點油，男士們都吃得非常均衡。

創作人享受美食的感覺，非常溫暖美好。

8月9日

接受松家仁之*幫《文學界》做的採訪。森君和田中也在座，氣氛非常融洽。受訪的感覺是，以前發表小說時也想得到這樣正當的評價啊。接觸到松家的眞正實力，身心一振。

因爲來往久了，雖然不緊張，但如果我打馬虎眼，他必定知道，所以三個多小時全神貫注。很刺激……！

8月10日

《畑正憲的野性教育》*這本書非常優。

因爲寫得太好，我甚至覺得獲得支持，我做的事情沒有不對。這本書是我小時候、人

---

* 日本資深編輯及作家。一九八二年早稻田大學畢業後即進入新潮社，曾任職新潮社雜誌《思考的人》總編輯，村上春樹於二〇一〇年接受他三天兩夜訪問，出版《村上春樹長訪談》一書，目前專事寫作。

* 《ムツゴロウの野性教育》，日本作家畑正憲於一九七八年出版一系列相關作品，繁體中文版均未出版。「Mutsugoro」是畑正憲自封的稱號，這位喜愛動物的夢想家，曾經在東京開設動物園，但經營不善後遷移至北海道。http://mutsugoro-okoku.com/mutsuprofile.html

人開始戮力於教育時候的書。如同他的預言，社會漸漸惡化。而他視人類為生物的溫暖眼神，讓我印象深刻。如果把人看成是高一等的生物，必定會出現偏差，當作生物、當作身體而對待，才是對的。

傍晚，和小舞、山西君到海邊。

很平凡的一天，只因為有海和夕陽，變得非常豐富。

大家自在徜徉海邊，感覺身心都放鬆。

8月11日

森老師過來看小狗，大家逮到機會拚命發問。因為有問必答，怎麼會有這麼值得信賴的人啊！

森老師的超大知性之光，讓我再次覺得被非常豐富的空間包圍，彷彿看出一點他的作品之所以廣大的祕密。

晚上去跳Hula。本週沒有貧血，腳步比較穩，但完全跟不上該有的進度，只好專心盯著旁邊的順子勉強跟上。每一次都跟得好辛苦！

Ayu一跳到我旁邊，驚人的氣勢逼壓而來，我幾乎站不住。

對呀！Ayu的舞蹈奔放散發，Kuli的舞蹈沉穩內斂，所以才是超級平衡的好搭檔！

8月13日

整理家務和照顧小狗，關心其他感覺受到冷落的小動物，忙得不得了。

抽空出門，去買不會被小狗咬的拖鞋等各種雜物，甚至衝動買了皮包，和小紀喝茶吃飯。去聖子的店，買了小籠包。雖然覺得像假日，但看了《珍愛人生》，心情感覺不像假日。那已不是覺得恐怖與否的叫人受不了！裡面出現了一個非常好的老師，本來在別的房間、正好過來的小不點看了她一眼說：「很不錯嘛」，太貼切得讓我感覺更古怪。

8月14日

順子、尚美和麻美來看小狗，一起在下北晚餐，吃好味燒。N亭的味道超好，但口味稍重，大受年輕人歡迎，人太多，店員的表情也有點茫然的陰影。幾年前的那片平靜神采消失無蹤。

Bar D也一樣。讓人隨便站著喝酒的寬敞優點沒了，變得狹隘侷促。店員找零錢時手是下垂的，那眞是疲勞之人反射性的不懷好意。

店的氣氛不安定啊！希望能夠恢復原樣。

小不點提到和大家一起泡湯的回憶，還高姿態地批評說：「順子那種『有毛茸茸（他對陰毛的形容）很平常』的態度，很符合順子的性格，很好。」整個都是問題！

8月15日

大概是小狗來家裡的事太過衝擊，小花得了腸炎。

雖然可憐，也只能熬過去。很想告訴她比較古老的犬種是寶貝，可是很難讓她理解。

不知爲什麼，好萊塢女星RK小姐和安妲一起光臨寒舍，我無意識地把《挪威的森林》DVD藏到後面，共度快樂的時間。

安妲四歲時我就認識她，四歲時就看得出她會長成什麼樣的美女？R小姐具有只要人在那裡、就能照亮空間的驚人氣勢。每一個舉動都優雅精煉，深深扎根於此時此刻，讓人覺得不愧是她。層次和一般的美麗女星有別。

人啊，三十多歲時是最美麗的時候啊！

離開小花的醫院，趕去Takasama踩背按摩會，遲到一點。

快要閃到腰的小紀也急忙趕來，都被踩過後，共享姊姊滋味濃郁的晚餐。

羊肉沙拉、馬鈴薯派、炸春捲（裡面包乳酪、蝦仁、鮪魚）、糖醋里肌、雞肉飯，豪華的菜色。

Takasama那沒有瞬間鬆懈、惡意、不悅、嫌麻煩的心態，眞的很棒。我也一直希望能那樣活著。

8月16日

和麗莎琵、阿明去春秋吃飯。

經過十多年的時間，似乎終於眞正理解宮內先生的料理了。他是孜孜不倦的人。他的料理和他太太的服務，招徠穩定的人氣。

小不點「麗莎琵，我幫你看舌相，舌頭伸出來！」

阿明「嗯～，很可愛的表情，好像看過別的小孩玩這個。哪、小不點，你叫她做個肥相吧。」

那樣不停作弄麗莎的阿明也夠厲害！

8月18日

和小紀、千穗去台北。看艾玲小姐！

上次都是住懷舊風的飯店，這次想住都會性的地方，下榻W飯店。可以看到台灣的新貴階層，從取材的觀點來看，非常滿意。房間眞的很漂亮。雖然小，但什麼都有，景觀很好，時髦、幽靜！

晚上幾乎成爲俱樂部的樓下酒吧，有日本那種六本木氣息勝於青山氣息的年輕男女肯定會玩到天亮的不錯感覺。年輕多金的富二代甚至會幫女孩出住宿費。不是全部都會留宿，帶回家去的只有眞愛天女，很眞實的亞洲感覺。

我們先去針灸肚臍，心滿意足後去吃鼎泰豐。還是台灣這裡的好吃。日本的有點不同。我也不知道哪裡不同，反正就是不同。有排隊的價值。

散步到誠品書店，看到自己的書和刮痧的書，身心充實地回飯店。

8月19日

到市郊山區的食養山房餐廳。雖然是和尚經營的，但不是素食，而是有益健康的養生飲食。沒有酒，悠然享受茶飲。雖然沒有酒，但有風景和好茶，十分滿足。

艾玲小姐的朋友祐介在這裡工作。他有想在這裡工作、便以此地爲目標而離開日本的行動力。如今，已廣爲大家信賴。

我們先在四周優閒散步，讓肚子空下來再吃，這很不錯。端上桌的每一道菜都很美，細膩好吃。榴槤和百香果入菜，有南洋風味。在大自然圍繞中，花幾個小時慢慢吃飯，多麼奢侈啊！

散落在廣大場地內的建築，可供各種聚會使用，因爲場地夠大，各別的來賓都能感到自在而不覺拘束。員工都在修禪，是能帶給顧客一時寧馨的好地方。

傍晚時順路繞到北投，只有一個小時泡溫泉，身體熱呼呼地去市場。小不點吐了，搞得手忙腳亂。不過，市場裡什麼都便宜好吃，充滿活力，眞是個好地方。即使沒錢、不能上餐廳，也完全不會無聊。我覺得，在亞洲這種氣候中，無論如何都需要市場這類的地方。

8月20日

天亮時目送千穗離開，去飯店的泳池游泳。適當的溫度和不深的水，小不點大樂。都是有錢的同志情侶，眞的是年輕新貴。

然後去「刮痧」。之前做的整脊雖然不錯，但動作相當粗重，所以有點緊張，不過，刮痧不怎麼痛。呼！

小紀的背部很紅，刮痧師傅皺著眉頭說：「她的狀況很糟。」好笑。後來也被走廊遇到的刮痧學徒和師傅說：「啊，她很嚴重哩！」「眞的耶！」有去的價值。

接著去做足底按摩。

最後喝杯甘甜的豆漿補給營養，再去玉市轉轉，買點土產，吃有名的雞肉鍋。十年前和Hirochinko第一次去台灣時也是來這家店，同一位廚師專心煮著雞肉鍋，心裡向他致敬。月色美麗的夜，大家手牽手，悠哉走到紫藤廬，慢慢品嘗最後的茶。

「這份寂寞該如何是好？」艾玲說。旅行結束的寂寞，離別的哀思。雖然經驗多次，還是不習慣。當作是有一天要告別這世界的練習吧。

獨自來到台灣開公司、學普通話的她。

我想寫能給在海外奮鬥的日本人和他們心靈支撐的作品。

讓任何人都可以在自己的內在空間靜靜休憩的小說。

8月21日

超早起，直飛雨中的羽田。

在飛機上猛睡，得以精神飽滿地降落東京。

我會寫「日本的不好」，是因爲希望她能變好。

我想再度找回日本人擁有的好。

因此，我還是寫下來。

在台灣，基本上，你問路時，對方都會熱心回應。如果不知道，也會抓住別人幫忙打聽。計程車司機不會敲竹槓，討論路線時也會認眞幫忙設想。看到小孩子，大家都會面露笑容，店員起初冷淡，但寒暄後，都會笑臉迎人。

我抱著三天下來已經習慣的這種狀態去機場的洗手間。

洗手間前有提供行李多的旅客使用的電動拖車，駕駛大姐笑嘻嘻地招呼說：「任何人都可以利用。」

我和去男廁的兒子約好在外面碰頭，但我出來時沒看到他。我隨口問那位大姐：「小孩先走了嗎？」

因爲她也看到我和兒子約好碰面的經過，而且在可以看見全部人經過的位置。

但是她咧嘴一笑，「我不知道是哪個小孩」，直接轉過臉去。

哇，像機器人！回到日本了！這就是現在的日本！

在台灣，至少會問一下：「什麼樣的小孩？」「怎麼了？迷路了？」因爲人是伴隨人類而活，是想看到人的對應，不是希望得到什麼。只是想看到人類的小小力量。

在沒有麻煩、情況良好、健康、有錢……的時候，一切都感覺美好高尚，可是，一旦有了麻煩、被捲入弱者一側，就會面對攀爬不上的滑溜溜高牆。大家假裝沒看見。設法逃避弱者的、生病的、麻煩的味道。那是現在的日本。

當然，兒子後來出來了，我們會合後，和小紀互道：「暑假快樂，謝謝！」平靜告別。

再見，暑假！

8月22日

今天前往那須，去看Hiropapa。

眞的是住進謎樣地點的旅館。那須鹽原有普通的住宅街，已很厲害，但還有旅館，更是厲害。

Hiropapa今天的狀況再好不過。見到面總是高興。勤勉享受獨居生活、擁有自我的

Hiropapa。雖然我不是他太太，什麼也不能做，但我們不是想給什麼的關係，在他面前，我自己都像個小孩，他是那麼強大的人。

晚餐的東西都好吃，但是獨特。

我說「這肯定是愛喝酒的胖子創作的料理」，竟然猜中了，驚訝。

8月23日

去看源義經的部下躲藏過，但因爲淘米水被發現而被殺，或是自殺等傳說模糊的遺址。去化石館研究化石，走過巨大的吊橋，和猴子合影，消磨時間。

SHOZO＊客滿，非常震撼！果然是家很棒的餐廳。

台灣之旅的疲累和溫泉的影響，只想睡覺。總之一直在睡。連在Hiropapa的家裡也呼呼大睡。在別人家裡聽著別人的聲音而睡，真的既安心又幸福。

8月24日

待在家裡的日子，感覺好幸福。

＊　那須人氣咖啡店，「Nasu Shozo Cafe」，總店創始於一九八八年。http://www.shozo.co.jp/

去KOKOPELI，又呼呼大睡。

然後猛然起身開始工作，趕去參加麗香的慶生會。笑得開懷，仍無法不感到大家離開Hula後很多事情漸漸變淡的落寞。人與人的關係時時刻刻都在變動啊。只有見面當下，珍重眼前的人。

能和喜歡夏天的麗香共享夏天的結束，眞好。

8月25日

到醫院檢查，和小不點吃午餐。

暑假已結束，以前在假期開始前總是訂立許多遠大的計畫，但都沒實現一半。東混混西混混的，童年時代過去了。雖然很想努力做到，時間還是虛度了。

我由衷覺得，人生已來到折返點，愈發只能專注在書寫這件事上。完全無意分割精力在其他工作上。就順從我心吧。

許多事情結束，也有很多人離去。那就是人生。

晚上去跳Hula。

麻美家中裝飾的人像畫很逼眞，還有隨時隨地都端莊的尚美以大家都覺得太特殊而無法評價的滑稽引發大爆笑，讓我稍微恢復精神。

8月26日

太極拳。JunJun老師的腳受傷，爲他難過……。

即使如此，教我時的強度和親切，仍令人感動。

武術的確能強化人心啊！

晚上和阿達、由美去Kosari。好吃、漂亮、很棒的韓國餐廳。小不點也很久沒有眞心玩耍，很高興。

錯過回家時間的小紀睡我們家，小不點更加大樂，一直睡不著。

而且很不安分，好幾次像貞子一樣從自己的床墊上爬起來，我像把孩子推落千丈深谷的獅子那樣不停把他推回床上。

8月27日

去清水美智子*的家，參加以瑪蔻小姐*爲主的聚會。

因爲住得很近，和小紀一起慢慢走去。

美智子靈敏的反射性引導，果然厲害！而且看她在廚房做菜的樣子，迅速做出超級好吃的沙拉、炒什錦麵筋，覺得她不愧是媽媽、是家庭主婦啊！

能夠好好生活，靜靜觀察各種事物，是眞的偉大。

經紀人田中的面相很優。無法相信現在還看得到這樣穩健的面相。

在所有方面，我愈發成爲美智子的粉絲。

瑪蔻給每個人一個建議。

瑪蔻厲害的地方，不是無謂地說一些積極向上的話，而是帶著確信、說出那個人所求的人生和本身之間的落差與時期。而且很謙虛，絕不炫耀自己的厲害。她是爲這份工作而生的職人，是像個公主、非常不可思議、很迷人的人。

送小紀到日暮里，然後直接回娘家。小不點睡在這裡，半夜三更和姊姊跑去墓園，又叫又鬧的……我竟然不知道～！

8月28日

小不點不在家，工作順暢進行。

像做夢一樣……。

這個生活真像穿上訓練魔球投手的機械裝置。甚至覺得在這種環境下還能寫的自己很奇怪。等著看脫下機械裝置後的我吧（這是對誰說呢？）！

8月29日

與北山修醫生[*]對談。

逼人的帥氣，讓我有點頭暈。果然是迷人的明星。從事不需要明星性的精神分析工作，帶著那樣的光彩，大概不容易吧……其實我多慮了，他在聆聽別人說話時的態度，是

＊清水ミチコ，日本知名藝人、女演員。擅長模仿搞笑，素有「模仿女王」稱號，目前除戲劇及通告節目外，每週六晚間固定在NHK主持異國料理節目。http://4325.net/

＊瑪蔻小姐，手相師日笠雅水的暱稱，十四歲起研究手相。曾做過細野晴臣等樂團經理，後來手相事業聲名大噪，有許多名人粉絲，並替《an.an》等著名雜誌專欄解析手相。她與清水美智子兩人是Twitter上的好友。

＊日本著名精神科醫師，著作及翻譯數量頗豐，同時也是有名的作詞人和音樂家。著述皆未有繁體中文版。

另一種人格，完全抹去自我。好厲害的人！而且，他會毫不含糊地表示，不願因爲談他而突然模糊焦點。他這聆聽者的才能也超強！

儘管身體情況不佳（從墨西哥回來、病體初癒），聲音還是穩健嘹亮，侃侃而談，眞的爲他難過。因爲，聽到那個聲音，以爲他精神絕佳。

拜仁藤先生無盡的耐性、像沼澤般深沉以及不會深入追究的個性之賜，迅速決定主題，讓人安心。

我的年幼時光裡一直有他的聲音，因此聽到他的聲音，歌曲便源源流過腦中，有點困擾。

最大的收穫是現場聽到北山醫生的講課，以及他吟唱的一小段〈殘雪〉。

8月31日

繼續在ＩＣＵ*與北山醫生對談。因爲是第二次，進行得很順利，也非常有趣。ＩＣＵ這間學校，環境優美，很想回到學生時代來讀。雖然那樣嚴格的學校肯定不會收我。

＊　國際基督教大學，簡寫ＩＣＵ，北山修博士於二〇一一年四月起擔任客座教授，邀請作者對談。兩人後來出版對談集《幻滅と別れ話だけで終わらない ライフストーリーの紡ぎ方》，繁體中文未出版。
http://www.icu.ac.jp/

稻村助理的個人故事和仁藤先生的個人故事都強烈反映了時代，感覺有辦法在時代中掙扎生存的人都聚在一起了。

去吉祥寺一間水準高得難以想像的法國餐廳（最近常去法國餐廳哪），把酒言歡。喝了酒的北山醫生，完全像四十多歲的年輕人，每三十分鐘爆出一個眞正有梗的笑話，讓人視線離不開他。很久沒有遇見這種很像明星的明星了，感動。明星果然是明星。

最詭異的是——

仁藤「北山先生在這漫長的歲月中，除了和夫人以外，都不曾深深陷入熱戀嗎？」

北山「這個啊……嗯、不是被問到就能輕鬆暢談的吧！」

9月1日

小不點新學校的第一天，精神飽滿地出門。

我去醫院，緊張地問檢查結果，只是良性腫瘤增加，過關了，放下心來。

晚上去Hula。

雖然是非常喜歡的歌曲，卻是不經意的難，倉皇之中結束。別人幾乎一次就會，好厲害……。

飯吃到一半，順子匆匆離開，大家七嘴八舌猜測。

「約會嗎？」「是嗎？」「因爲在這個時間嘛！」「我知道了，是想看《毒舌糾察隊》吧，這集做聲音悅耳的藝人。」「好像是哦！」「順子眞的很像狗！」「阿富汗獵犬或蘇俄牧羊犬。」「每次在路上看到那種狗就想到順子。」「這麼說，我就像彌勒佛了……」

通常，都是女生的聚會時，只要有一個人先離開，應該會是更惡劣的八卦大會……。這種小學生層級的感覺，讓我深深覺得，這些人眞是很好的人啊！

9月2日

去向幫《Q健康？》撰稿的露娜道謝。

久久不見，更顯莊嚴，感覺這個人已經超越了什麼。閃閃發光，剛毅，有點不一樣。不是以前的她。

單純地祈求，希望活下去。和她在一起時，感覺自己身上的細胞都沸騰般不可思議。

小不點學校的家長會。每次參加家長會這類的場合，總是誠摯地想著，父母親爲孩子著想的心情都一樣。我雖然不是稱職的母親，但這種心情也一樣，看到大人這樣努力爲自己和別人的孩子著想，感覺好好。

然後，趕去和小舞、順子聚餐，喝著豆芽湯，一起惋惜逝去的夏天。一晃眼，夏天結束了。雖然是個幸福的夏天，但是太忙了……！

9月4日

去看高橋怜老師的發表會。不期然見到小綾和她的寶寶，好高興～。高興看著懷念的人和事務所的人跳著舞，理解了許多事情。爲什麼她們能跳得這麼好？我自己是怎麼回事？完全沒有這種無法理解或是負面的情緒，只是感到懷念、幸福。

水準極高、更重要的是非常溫暖的家庭式發表會，怜老師也非常和藹幸福，感覺眞的很舒服。也見到小郁的家人，深深體會到家人的好。

順子和我們家人吃完印尼菜後，去有山羊的那家咖啡廳。眞的有隻山羊，好奇怪！小不點毫不害怕，走向山羊，他已習慣了動物啊，佩服。山羊好像討厭小孩（動物大抵都討厭小孩），小不點一過去，牠就靜靜地把頭縮回柵欄裡，這一點也很奇怪。

想起八〇年代每天晚上都在那樣的咖啡廳裡，好懷念。那樣的咖啡廳永遠不滅！

9月5日

無法理解的事情一大堆。

擔心有人看了以後、會認爲「這是說我？」的可怕級數的異樣變化太多。

因爲大家和我都有大地震後的心靈創傷。

我的情況是，人生眞的像一部恐怖片。實際發生的事情不是簡單的心靈創傷，而是有很多不能說、寫不出的苦衷。因此，只能活著，只能掙扎生存。在自己的位置，臨機應變，做出判斷。盡量不要執著於人和土地。

看悲傷的書，聽悲傷的音樂，盡情地哭，看超恐怖的電影，因爲太恐怖而睡不著，反而有意想不到的效果。

那些恐怖片的類型當然不是紀錄片，要優秀的虛構故事。音樂也一樣。當然、當然，小說也可以。

然後，接觸好笑的事物，在哭泣以前一直笑，也很不錯。

那樣才可以準備好面對普通日子的心。

我以前也在日記中寫過，小時候因爲每天都很害怕，所以把「殭屍」（雖然有各式各樣的殭屍片，但當然是Argento版的《生人勿近》）當作眞的。甚至覺得影片情境很像我的每一天，也因爲比我的每一天還嚴重，所以覺得自己沒事。那對我而言，不是電影，是現實。

心愛的父母、兄弟姊妹和朋友死後，腐化同時復活，要來吃掉自己。毫無情義可言。他們已經不是活著時候的他們。自己若想活命，只有狠狠打穿或砸碎他們的腦袋。萬一被他們咬到，自己也會變成殭屍。因此，這世界的殭屍每天慢慢增加，人類則減少。把這當作自己的事情來實際思考時，你能想像那是多麼絕望的狀態嗎？當然，那是七〇年代與核武、越戰問題有關的不安背景中才有的電影。

在購物中心裡面，是超越人種和職業、為維護友情而生活的人。那裡的電視重複播映勉力求生的人類，無意義發出的絕望討論，和世界人口減少的悲慘映像。

在極端的壓力中，有著只因生命要存續的理由，而決心活下去的人們在絕望中的希望。這是人類的力量。縱使知道會被消滅，也要多活一天。最後一幕的希望與絕望，帶給我最後一線的救贖。

在三月的那一天，我看著反覆播出的海嘯和核電廠的映像，心想，那部電影不會成眞吧！但情況不是完全一樣嗎？這個無謂的討論、絕望地待在屋裡不能外出的閉塞感、無名恐懼每天逼近而來的不安。

對，就是現在，才會想起那時的絕望與希望。

小時候受到的心理衝擊效果絕大。

我可不是向大家推薦「殭屍」哦（笑）！

9月7日

和事務所打工的人去麗莎琵及阿明的店。

雖然是打工，但都是高水準、近乎奇蹟的人才。

光是把他們聚在一起就感到幸福的，是幸福的上司啊。因爲不景氣，收掉公司，讓他們減少工時，也減少薪水，非常抱歉，但他們都是勤奮的好人，飯吃得香（烤乳豬都上桌了！）麗莎琵雖已辭職，還是常和大夥兒相聚，感激不盡。

小不點大吵大鬧，媽媽擺出工作的表情，嚇一跳！

媽媽一直生氣。

心想，怎麼變成老是讓他看到我生氣的聚餐呢？但是吃得很飽，麗莎琵也一起帶著狗去海邊，大家一起看海，非常幸福。

晚上，百合過來，簡單吃點東西、閒聊。

偶而有這樣的日子也不錯。

什麼也不做、只是消磨時間的日子。

9月8日

泡酵素浴，反而很累。夏天的疲勞都逼出來了吧……。

去探望松家先生。同樣是骨折，但情況和媽媽的不同，恢復很快（因爲年輕，這是當然）。本來以爲他會痛得打滾，這下放心了。因爲他是偉大的人，希望他早日康復！

接受松家先生的訪問，接觸那種傾注全力的態度後，再也沒有心情接受簡短的訪問了。既然沒有心情，不要接受就好。可見他的工作是有那種震撼力道。

晚上去Hula。因爲和茱迪同組，學到很多。好快樂啊！能記住舞姿、和大家一起表現同樣的風景。

9月9日

和會計師討論後，和小舞、Taki吃飯。

小不點要去小舞家過夜，至少要請吃頓飯。一說整晚要打電動，非常亢奮，小舞也很親切，眞是令人感恩的好鄰居。

小不點不在家，工作順利得恐怖，不禁好奇平常是怎麼工作的？尤其是暑假，這兩個月間，是怎麼工作的？

9月10日

小不點一有太快樂的事情，頭腦就會混亂，焦慮不安，不知如何是好吧！他在那裡哭鬧，我和小郁愣在一旁。但最後，我還是摟著哭泣的他說，我了解你的心情啦……，一起回家。

我了解啦……。

可是，等你長大以後就會明白，普通才是最好的。

比起任何激情亢奮的日子，沒有高度緊張與狂熱，只以普通的、中間的心情度過的日子才是最好的。

如果以偶而才有的刺激日子爲基準，那麼，會覺得低於這個刺激的日子很無聊，變成越來越要求刺激的人。不到一定年紀，很難理解那個界線。

看清自己的標準，在那之中展開的力量，才是自己的力量。

9月12日

看了阿健的稿子，非常好，鬆一口氣。

如果他是從奇怪的著眼點而寫，站在朋友的立場，我不能不說，相當緊張。但他是以冷靜的眼光去看，不愧是阿健。那從許多經驗中挑出的獨自觀點依然健在，讓人覺得長期旅行有其意義。

一家人和阿健去吃宮崎料理，聊了很多。這也是平常的放鬆時間。眞好……！

9月13日

踩背按摩會。

Takasama和晶子小姐分頭幫我、姊姊和爸爸放鬆肌肉。

姊姊的美味料理、爸媽的模樣。不管多少時光流逝，都忘不了的娘家時光。

有一段時期，我很怕回娘家，回去了也難過。爸爸癡呆，姊姊筋疲力盡，我什麼也不能做，也很忙，又累。只能哭。

不過，正因爲有過那段時期，才有現在。

還有，那時候眞會喝酒啊、我！

現在不太能喝了，往回看，以前那樣喝酒太瘋狂。喝酒的地方也是很奇怪的場所。但還是覺得，正因爲看過那樣的地獄，才有現在。

9月14日

和北山醫生的最後對談。

因爲已經能夠掌握彼此的個性，非常順暢。

那個直覺、不依賴直覺的知性，以及時機的掌握。

讓人感動，他果然有長年吸引眾多人的魅力啊！

大人物周圍形成的漩渦，不論本人願意與否，都會受到影響。

但他只穩穩留下讓人對他能夠超脫那個影響的尊敬。

因爲時間不多，大家迅速吃完便當。非常好吃，在夏天餘韻猶存的美麗黃昏。

9月15日

幫咖啡凍注射狂犬病疫苗和申請許可證。

做這些事情，特別高興。

在悶熱中四處奔波、但感覺幸福的午後。

咖啡凍天眞爛漫，獸醫也說「你長得好快」。在家時，我不論在哪裡，他都跟著，所以在家時很快樂。

晚上去Hula。偶然聽到讓我認爲「眞有前世嗎？」震撼心靈的曲子。大概學Hula太久的關係，聽到好幾個地方和場面的歌曲時，陌生的映像和記憶源源不斷流過腦中。內容和歌曲不太有關係，也不是我的人生。今天又出現那種情況，非常不可思議。

但是那也無妨，大家狼呑虎嚥印尼炒飯，又在Adan附近閒逛，讓親切的一作先生請客。太好了、太好了。

9月16日

小不點新學校的家長聚會。

託那對顧慮我們母子還不熟悉、事先前來照會的親切夫妻之福，讓我們感到輕鬆自若。能夠爽快這樣做的人眞的很好。我總是打從心底感動，也希望自己能這樣開放心胸。

乍看之下很麻煩而想避開視線的事物中，多半藏著寶物。

不像家長教師會那樣強行分派任務，大家臉上都洋溢著學校好、感謝老師、希望孩子們幸福……的笑容，就連常常出國而缺席的我們都很自然地想做些能做的事情，感覺眞的很好。

9月17日

和小不點兩個人鬧過頭，又哭又笑的。

去看小郁的家，去「Say Cheese!」吃漢堡，發洩一下。

如果Papa不存在，我們兩個可能像洞窟裡的野獸過著沒有時間的糟糕生活吧。因爲Papa好好地活著，雖然有時候覺得沉悶緊張，但他不在時，就非常清楚他在時的幸福。

此刻，正在看爲了學習英語向山西君借來的《艾莉的異想世界》，其他演員不管多麼有名、演技多好，只要劉玉玲和小羅勃道尼一出場，角色便被模糊掉。好萊塢水準之高，清楚可見。

好萊塢電影中出現的演員，再愚蠢的人也會擺出知道什麼的表情。我知道那個理由。人的某個東西達到極致時會發出光芒。一旦發光，很難再過普通的生活了。

9月18日

宮崎取材。心想，只住一晚，能做到什麼地步呢……。

颱風要來的氣息濃厚，不敢抱太大的希望，反而有不錯的收穫。到南蠻雞創始店吃炸雞（紀子不喜歡糖醋口味），去禊神社，泡溫泉，悠哉之際……大神神社的稻熊三智的女兒怎麼在我後面沖洗身體？不可思議！她應該在奈良、我應該在東京的，爲何在宮崎相遇？？？而且，只要時間稍微錯開一點就見不到，一定是神的安排。再次覺得不可思議，也很高興。

在宮崎，吃到一心期盼的烤焦似的土雞，感覺下北澤的宮崎料理怎麼比較好吃時的衝擊！我啊、爲何而來！

9月19日

一般而言，宮崎人不善於待客，有點害羞，可是喜歡有點刺激的事物，心底卻流著優閒的氣質。

天氣有點怪，但SEAGAIA的早餐好吃！逛逛和平台公園、鵜戶神宮和青島。鵜戶神宮的自然環境讓我感動。途中雖然和小紀走散，還是做完正式參拜。小紀、小不點似乎已習慣我的旅行奇遇，能夠掌握節奏。交朋友，任何年紀都新鮮。那也是小紀帶著好奇心踏上各個地方的原因。

去偶然問到的司機推薦的餐廳大啖海鮮，在機場道別。被誇說：「喝了啤酒，還吃這麼多！」很受刺激……。長大了還被這樣誇讚！

毫釐之差，躲過颱風，回東京。很愉快的旅行……日本眞好，明年還遊日本吧。

9月20日

小不點和我都有點感冒的跡象，取材也因颱風中止，兩個人魯莽地跑去江之島。在雨中的水族館看到各種生物，心情緩和下來。一會兒親密，一會兒吵架。

Papa出差的時候，我常有一整天都沒坐下來的時候。有小狗、有小孩，還有工作，飯幾乎都是站著吃，湯也是站著喝，在那樣的日子中，倒是四時皆能睡，心想怎麼會？因爲是不得要領的笨蛋吧。

舒服地泡著江之島Island Spa的碳酸溫泉，再到樓上的待客品質很差、但食物品質很高的餐廳吃飯，兩個人的感冒都好了。

頂著剛泡完溫泉的濕頭髮，搭乘每站都停的小田急電車，搖搖晃晃地回家。

9月21日

好厲害的颱風……中，和Taki在地下室的電影院看《恐怖瘋人院》。有恐怖片嗜好合得來的職員眞好！笑嘻嘻地在電影院相遇。

內容是比我從中間開始想著「不會吧？」還更明顯的離譜。但是也有讓我小哭一下的戲。跳舞的地方吧。好喜歡那個奮戰的女孩……，特別感動。卡本特（John Carpenter）導演眞厲害。雖然有點不懂，但是厲害。

匆匆吃完韓國菜回家，颱風已直接吹到，盆栽飛走，樹木傾倒，嚴重、嚴重!!不覺呆站在外面。

電車停駛，讓人聯想到地震的氣氛感染了小不點，可見心靈創傷之深。

夜裡，颱風更大。雖然天災眞的很恐怖，但比人禍容易接受。

9月22日

隔了十年，再見到麻世。彼此都成了男孩的媽媽，但是內在流動的東西不變。而且，她依然是個大美女。以前，在Live house的她，美麗高雅，讓我覺得像「泥中之蓮」，心想：「哪有這樣的美人啊！」那份美麗，如今依然健在。不禁認爲，美這東西，終究是心的樣子，不是漂亮。

她把兒子也養育成優秀的小孩，有點感動。

9月23日

自己也不知道是怎麼完成的，寫完一部小說。內容傷感。好累！但我已盡力。已盡到這段嚴苛生活中的最好，雖然有一點遺憾。

和阿健、小不點的奇怪組合，去看小薇的展示會。很多好穿又可愛的衣服，感覺不錯。買了一件。Tum君專心畫人像畫，有點奇怪。

這一對不常見面、見面後又感覺親密的不可思議夫妻。

看完後，和阿健、小不點去吃漢堡，消磨優閒的時間。

那兩個人的著名搭檔和不可思議的搭配趣味，言語難以形容，我想是某種意義的投緣吧。雖然他們本人不這麼想。

9月24日

去解決帥哥之屋的院子問題，順便清理颱風後的髒亂。院子裡的樹都枯了，可見颱風天海浪的厲害。

不過，蓮沼行動太過敏捷，在我取材&討論的時候，他已經整理乾淨。好厲害的人……愧煞附近歐巴桑的天才！

帶著感動，去看海邊，慘不忍睹。

椰子樹折斷，幾節樓梯消失不見，堤防崩塌一塊，從中裂成兩半的船隻殘骸堆在岸邊，火紅的夕陽沉落，不同於以往的平靜海浪……終末的光景，太過美麗，默默眺望。

9月25日

截稿後的疲倦，熟睡不起。

看著《不行啊！警察》還打瞌睡，可見相當累！不過，中川翔子的部分都有看到，笑個不停。

這次的小說*，是關於大地震的。雖然沒有一個字提到地震。雖然還是充滿以往的嬉

---

*

陳寶蓮／譯。繁體中文版／時報出版　二○一三年。

皮性人物的童話。

因爲不只是爲活著的人、也是爲死去之人安魂而寫，同時處理兩個世界，所以非常累。雖然累，卻完全不能輕鬆解決，這就是人生。然而，人生仍値得活下去。內容大概是這樣。

或許，因爲讀起來很輕，會讓眞正有親人死去的人憤怒。

但是，絕對可以傳達給小部分活著的人和死去的人。深刻地傳達。對有意義的人。我是這麼想而寫。

9月26日

接到非常不好的消息，啊～啊，因爲已有心理準備，習慣了。

接下來，只有盡我所能。

雖然預感人際關係會惡化，但沒辦法。要刪除的東西就大膽刪除，盡力做到最好。

耗費精神的事情，就是當場樂於八卦流言、事後卻覺得好累、浪費時間吧。

我遇過很多人，已經可以掌握那個訣竅，銜接話題無漏（笑），但還是有稍微放鬆就流於糟蹋時間精神的狀況。

索性沉著堅定地活著。惹人討厭也好，惹人害怕也好。

在KOKOPELI睡得天昏地暗，在我呼呼大睡時，阿關仍努力和我身體的疲勞奮戰，我抱著無以言喻的溫暖感謝心情而歸。

9月27日

和勝俣君、小舞共進午餐。

他們人好得讓人感嘆「有這樣好的人嗎」，在一起很放鬆。在艱難的世道中，最值得珍惜的，是好父母養出來的好男好女。

晚上，去晴豆，看藤本的演唱會。不知爲什麼，他穿著埃及服飾唱歌，沒有貝斯也沒有鼓而演奏吉他的他……好厲害！一子的演奏、偶而出場的美潮，都非常好。眞由己的歌也非常出色。大人的音樂眞好啊……。

在「滿腹」吃完好吃的燒肉，速速回家。眞的很喜歡滿腹系列餐廳的菜單設計。

9月28日

去藤子・F・＊博物館。到處都弄得很可愛，感覺非常好。

我很清楚自己受到多大的影響。

也流過多少次眼淚。

能夠影響這麼多人的人生，想必這個人是日日孜孜不倦持續工作吧。以家庭爲主，這方面的價值觀也相似。

他的日記中，雖然不太寫每天的事情，但仍可清楚知道他幾乎沒有豪華的聚餐和外遊，只是每天煮香噴噴的飯菜，和家人一起吃，用寫作支撐著自己。因此，我眞的有被鼓勵到。

＊藤子・F・不二雄（1933-1996），日本知名漫畫家，《哆啦A夢》的創作者。此博物館於二〇一一年九月三日正式開館。http://fujiko-museum.com/pc.php

雖然背負那樣龐大的東西，但到最後的最後，藤子老師依舊是藤子老師不變。大家對名人或科技公司社長的印象，好像都是在高檔漂亮的店裡吃飯喝酒，但眞正每天那樣做的人，會不工作而完蛋。反倒是爲了和平常在家工作、偶而想出來散心的作家交際、每天都和別人吃飯喝酒的編輯人，眞的很辛苦。了不起啊……因爲如果沒有他們，作家眞的不出門哪。感恩哪！

和快要離開的山西君玩味共度的幸福。

和照顧他最久之人的依依離情，小不點如何克服呢？幸好不是悲傷的分離。

9月29日

去上Hula，聽到好消息，心情舒暢。

去買颱風時吹走的青鱂魚和水草，終於鬆一口氣。青鱂魚活著時眞的很美，一直看得入迷。可是，死了以後，眞的就是普通的死魚。生命眞的不可思議。雖然形體還在，但那個美全部消失了。

9月30日

還沒睡醒，勉強去上太極拳。心想這一點點招式都記不住，怎麼辦？沒想到JunJun

老師的教法太好，讓我打得有模有樣，好厲害。眞是厲害的老師。身體的運用和動作都看似不經意，所以才叫厲害。

晚上，和支援婦女會的眞美母子去橫濱。起初，小孩子遠遠互相觀察，漸漸混熟了，我們去港口的非法酒吧時他們已經手牽著手。

好可愛……。

眞美一直抱著3號君，不說麻煩不喊累，總是讓人感受她平靜餘力的厲害。眞美是不會去想「明天會這樣、該怎麼辦」、「一定會這樣、所以很累」的人。讓人感受那種單純的厲害。

10,1-12,31

10月1日

睽違多時，接受威廉的諮商，暢所欲言，舒服得差點從椅子上滑下來。

心頭感覺輕很多。

有種「以前都在幹什麼？」的感覺。

希望有一天，能聽到威廉對我說「做得好！」在那之前，彼此都努力即可。

晚上回娘家，和爸爸聊了很多，忠實執行威廉的建議。爸爸說「很滿足」，因爲很久沒聽到他這樣說，我超高興的。按現在這情況，一家人還能團圓幾次？誰會先走？都不知道。所以，每一次相見，都很珍貴。

10月2日

因爲工作排得很緊，所有家事一次解決。

只有現在，孩子還小，能爲家人做飯，也只有現在。所以，打從心底想專心在這方面。既然想了，只能實行，於是實行。

10月3日

做羅夫按摩，設法復原腰部。

有「偏向另一側的腰回來了」的感覺。

回來了！

今後數年若放任不管，會變得嚴重。大概是平常不看的東西一起冒出來了。

這時候只能游泳。所以我覺得，身體怎麼調整，都沒有損失。

10月4日

去健康檢查，到久違的育良診所。

浦野醫生也在，機會難得，請她看診。

浦野醫生「怎麼？不是爲懷孕而來？」

阿關「她年紀和我一樣喲！」

浦野醫生「噢！保養得眞好，我以爲更年輕呢！」

阿關和我「哼！」

感覺家庭式的好醫院（？）。

「依舊是子宮內膜異位症」，估計還是這種說法時，月經大概已停了，輕鬆以對吧……。

然後陪我去醫院。晚上，和齊藤夫妻去壽司匠。

齊藤君請客，無限感激。

齊藤太太眞是一個好太太，安靜、樸素、確實、親切、細心照顧家人，一點也不誇張，從容而有餘裕。

恩愛夫妻醞釀出來的感覺很幸福。

這次，中澤的厲害也讓我們夫妻感動。

不論多奇怪的客人，他都一視同仁，雖有時間限制，但不讓人感到催促，總是從容平靜，不需妥協。雖有自信，但不自負。心不放在壽司以外的事物上。總之非常厲害。我也想成爲這樣的職人。

10月5日

因爲取材，和初次見面的通靈人談話。

年紀幾乎一樣，時代背景和想法也令人懷念，很想跟他說，我們都走過同樣的路，彼此都很努力。

越來越認爲，能力的高低敏銳不是問題，擁有這份能力後如何生活才重要。

心情開朗，向姊姊轉述通靈人說的話，姊姊驚訝「怎會知道！」後，一口氣說出心中的鬱悶。好厲害！我再次確認，靈媒的能力和作家的能力一樣，是爲了讓人幸福而存在。

10月6日

Hula。好消息也解禁。大家笑開懷。

把別人的事當作自己的事而欣喜歡顏，是朋友的可貴之處。或許，看得越仔細，越容易看到別人的缺點而感到絕望、失望，但掌握大處來看，人，依舊是不能捨棄的。大家欣喜的表情美麗得讓我這樣想。

繞到剛開張的紐西蘭餐館，幫麻美慶生。希望今年也一切順利，讓大家開心。

我說，如果春樹先生獲得諾貝爾獎，一定會有電話來問我的感想，怎麼辦？尚美說：「你就說『我最尊敬他持續不斷地每天早上跑步』如何？」

那個如果登在報紙上，難看哪～。

10月7日

和順子初次去目黑的義大利餐廳，好吃而細膩，讓我覺得日本眞的很厲害，竟然有這種水準，和義大利的一模一樣。不管擺盤多漂亮，義大利餐廳和法國餐廳就是不同。那種感覺已近乎懷念。

法國餐廳的 à la carte（按菜單逐道點菜）雖然也不錯，但我總覺得義大利餐廳、尤其是南方的最佳。因爲以素材爲主。

我小時候，是通心麵只有茄醬和肉醬的時代，後來，最好的義大利餐廳是CHIANTI、SICILIA、ANTONIO'S的時代維持許久，因此，現在這個進化還是很驚人！

10月8日

結束兩件大工作，接著就是準備下個工作和照顧家人。先來打掃！

因爲Papa不在家，不自覺地馬虎了事，晚飯也是離譜的雞肉拉麵和嫩豆腐燉玉米。而且，和小不點迷迷糊糊地看電視，回過神時，時針指著一點。更過分的是，剛剛看完向小舞借的《JOJO的奇妙冒險》*，看了太多的血，身體好痛。認眞的Papa在家，眞的比

---

* 漫畫家荒木飛呂彥作品。

較好。現在只有我和小不點兩個人，過著非常糟糕的生活！

與此相反，最近眞正在想的是：「只要不是這樣……就」的說法，是一種計謀。實際上不能走路或生病時，會非常清楚，其實沒有「只要有時間……就」、「如果沒有睡眠不足……就」的情況。那時能做的事，那時就會做，那時做不到的事，在任何條件下都做不到。「如果是這樣的話……就會」終究只存在於腦中而已。這是我寫了好幾次都寫不夠的超級厲害計謀，當我終於明白時，驚訝得張大了口。

10月9日

約了阿關去GREGG的秋祭，一起喝茶、放鬆心情。

阿關和小孩說話的時機和卸下他們心防的方法絕妙，眞的可以學學。連那個可怕的小不點，都稍微安靜下來，厲害。

晚上去看Macom。不變的笑臉、高品質的工作，很好的人。對我來說，他的作品已到達寶石的境界，好幸福。

見到許久不見的小林，她介紹男友給我認識，我感到幸福得想哭，同時也感到，啊、她已不在這裡工作了，有種不可思議的寂寞。感謝那些走到大廳就看到她的幸福日子。

10月10日

在池袋，看維新派演出。

有和景色融爲一體的愉悅感覺，知道他們還有很多餘力。

爲什麼光是聽到言語、光是看見身體動作，景色就浮現眼前？不可思議。

10月11日

按摩會。

我今天接受晶子的泰式按摩。

與其問按摩效果如何，不如說，光是看到晶子的氣質就感到心情平穩。

大家一起吃飯，和平的一天。

即使有再煩惱的事情，也不會破壞這個氣氛。即使家人減少了，愛也不爲所動。人思念人的心，其中只有奇蹟發生的餘地。爲了成功而做的各種know-how，只是魔術。如果其中沒有愛，得到的分恰好是失去的分。

10月12日

英語會話。

瑪姬有讓人興奮期待的能力，學習也不知不覺在興奮期待中結束。這點很好。

帶咖啡凍去看河井醫生，拿心絲蟲的藥。那隻大型牧羊犬Native過來纏著他玩，咖啡凍也沒有怯退。迎上前去、一起玩耍、不知害怕，很厲害噢。

而且，Native不會咬咖啡凍，也很厲害。

動物都有過人的地方，或許，我還是喜歡他們甚於人類。

10月13日

和麗香相約去學藝大學取材。去她推薦的純豆腐店。比起普通的純豆腐，有點像麻婆豆腐，乾淨好吃，感覺不錯。

聊聊天，去MATTERHORN買巧克力。麗香雖然能一句話迅速準確指出事物的本質，但和喜歡追究到底的我不同，會以各種方式留下從容的退路給對方和自己。這一點很厲害，一直令我神往。

這是職種的不同吧。我們算是各自領域的專業吧。

10月14日

日記和散文的人格，像是自己，卻不是自己。大抵，我不是這樣果斷。

雖然覺得那一點很難界定，但因爲是別人委託的工作，還是好好做下去。

帶小不點去看牙醫，醫生突然說：「媽媽也檢查吧！」趕緊漱口，緊張地給牙醫看，沒有蛀牙。「那、爸爸也順便看看！」連Hirochinko也檢查了，沒有蛀牙。小不點也沒蛀牙。

太好了！眞好！

牙醫說：「牙齒是我們奮鬥一生的最重要武器，所以要重視！」聽了感動。

因爲太感動，跑去資生堂PARLOUR*，吃昂貴的西餐，乾杯。

10月15日

去見結子。精神看似不錯，很好，一起喝啤酒，度過愉快的時間。

＊位於銀座資生堂大樓內的西餐廳，開業至今已一百十三年。整棟紅色大樓除西餐廳外，販售的都是該品牌的洋菓子、餅乾、甜食等。四及五樓的餐廳是「Parlour」，十樓則是旗下另一品牌的義大利餐廳「Faro」。http://parlour.shiseido.co.jp/ginza/index.html

「有名有姓，委託的感覺很好，也有大組織的招牌，聽起來似乎不錯，其實，這和眞帆沒有關係，乍看是很划算，但後面有非常麻煩的問題，還是拒絕比較好。」

這話怎麼想，都很像在說聯合國吧。

用聯合國來比喻，還更快理解吧。

眞的，吃過苦頭，這輩子再也不相信聯合國了。

晚上，阿健順路過來，把家裡現有的東西隨便弄弄給他吃。他不做編輯後，見面也輕鬆！

以前的編輯和現在還在做編輯的人，只有極少數人看過爸爸後，還一直靜靜地往來。非常安靜地來看他。因爲老了，或許不整潔，因爲癡呆，或許突然發怒。但是，也有笑容，也有知性。爸爸還是爸爸。

不來的人當然很多。在他最盛時期黏在身邊、癡呆以後掉頭離去（那是當然，我完全無意責備）的人。沒有人幫忙募醫藥費，也沒有給付退職金（這是當然，我不覺得這有什麼錯。只是，我感激糸井先生*的關懷。雖然糸井先生給人很有錢的印象，但他是私人公

＊ 糸井重里，日本知名廣告文案、散文家、作詞人、主持人，他成立糸井重里事務所。他表示作者父親吉本隆明是影響他一生重要的思想家。一九九八年開始的個人部落格，如今發展日本最大的個人網站「ＨＯＢＯ日刊糸井新聞」，流量驚人。http://www.1101.com/home.html

司，不是大企業，卻付出感覺不成比例的金額，感恩）。那是把全部人生奉獻給評論、認眞工作、卻得不到一點保證的工作啊。

不，若在昭和時期的日本，或許有一點吧，像溫情的東西。

我很早以前就想，如果糸井先生的千金有任何需要，我一定全力協助。因爲我只能以這種方式回禮。

不景氣以後，誰都無法預測未來時，才想樸實低調地生活。

關於自己的人生，總覺得還有很多很多需要學習。

10月16日

去看望陽子，和姊姊吃豬排飯，無聊地去坐船，再去動物園看貓熊。

喜歡上野一帶景色逼近而來的感覺。

秋高氣爽，有點熱。

人到中年，身體倦怠，很多事情當時不覺得快樂，但是隔天回想起來，非常快樂。所以，因爲倦怠就不動，太無趣，去看看貓熊也不錯啊。

10月17日

去首爾。

這次一直都在三清洞。

突然衝到Kunkiwa House吃醬油醃蟹，好吃得無法相信。是一家其他東西也好吃的館子。是我過去的韓國飲食人生中最美味的一個。

在冷風颼颼的學生街咖啡廳喝茶，去泡三溫暖。

三溫暖的本土性太強，讓人待不下去，但是穿著有味道的袍子做艾草蒸汽浴，意想不到的好玩。小舞眞的習慣旅行，聰明厲害。

晚上還去南大門市場吃麵呦……。

10月18日

大叔們都溫柔不好色，不錯嘛，首爾。

大家體格都不錯，樸實挺拔，男孩子也不錯。

女孩皮膚嫩滑，很可愛。

在百貨公司地下街東吃一點、西吃一點，然後去做舒活美容。男孩們也一起去。

激烈地又揉又搓又捏又壓、敷臉後，渾身清爽，感覺舒暢。

今天不只逛了三清洞，也和民音社的朋友到景色宜人、餐飲美味的三清閣吃飯，接受採訪。和久未見面的朋友笑談，感覺和這些人共事，真的很幸福……。好喜歡民音社的人。

車子從停車場出來時差點撞到，雖然說「沒事啦～」，但覺得不一樣……。

大家送我去漂亮的新沙洞林蔭道（Garosu-Gil）散步，接觸到蓬勃的生氣，感到幸福，繞進漂亮的咖啡廳再回去。咖啡廳老闆很認眞，專心地煮咖啡。就在Forever 21二樓的咖啡廳。他好像買下KARA的PV中用過的櫻花樹，從下面看得到櫻花喲。

10月19日

想去Mukshidonna，結果搞錯地方，進了奇怪的年糕鍋店，有點本土的感覺，那也不錯。

漫步景福宮。格外適合Taki的地方……。

在童玩角落，大叔們認眞玩起貝殼陀螺，我心口一熱。

努力吃完涼麵還是鮑魚麵什麼的，趕往機場。

雖然短暫，但很快樂。有家人、習慣旅行的小舞和很適合韓國的Taki同行，眞的好好。

日本人現在如此喜歡韓國，固然是因爲異國情調和那些俊男美女的關係，但我覺得還是有著對美好時代的懷念吧。

10月20日

子宮癌的疑慮釐清了，呼！

家人都在生病，我不能再倒下。這個氣勢很重要。

醫生給了很妙的診斷：「如果月經停止的速度比內膜異位症惡化的速度快，就不要緊吧～」……我懷疑！

晚上去Hula。

這個月一直精神不振、頭腦昏沉、作噩夢，但跳起舞後，神清氣爽。太好了！一起去吃麵，然後回家。

和田聽了順子公司的事情後，做了特殊發言：

「OL很厲害呢！不用上課吧？一直待在辦公室吧？」

對了，她是學校的老師。反而是很少人了解她那邊的情況吧……。

10月21日

慶祝《地獄公主漢堡店》完成，去Au Péché gourmand＊。美智子的味道，好吃不變。店裡總是充滿朝氣，她一個人專心做著美食。好棒！

朝倉先生很安靜，總是像他畫中的人物。小不點很喜歡朝倉先生，一直黏著他。小不點說一起玩電玩遊戲，朝倉先生顯出興趣，但一拿起觸控筆，霎時變成漫畫家的表情，噢噢！畫畫的架式，和武士拿刀時一樣。

也見到森君、丹羽和大久保，大家都笑嘻嘻，不停讚嘆好吃。是個幸福的慶祝會。從輕井澤延續而來的一個流程結束了，是幸福的結束方式。莎樂美！謝謝你。

10月22日

因爲每天、每天都在看JOJO，所有東西看起來都像「幽波紋」，根本無法平靜下來。起初連看三部，過足了癮，暫時中斷，心想「哪天再整套一次看完！」時，眼睛老花，成

＊位於東京澀谷區的法國餐廳，女性主廚即文後的吉澤美智子。

了不能看文庫版的差勁讀者，現在看的是借給小舞、最近終於還回來的盒裝版，但也只能這樣。因爲現在每天和徐倫一樣忙碌。家裡也有Iggy呢（笑）。

荒木老師眞的是天才，非常好的人。

不論什麼狀況下，人應該是人、是美麗的、藏著驚人的可能性，這個主題支持了許多人的人生。

我高一時看了《魔少年ＢＴ》後，寫了一封很長很長的信給老師，得到有插圖的很棒回信，他的親切心意，我一生難忘。可惜那時還小，因爲太高興，走到哪裡都帶著，不知是被偷還是弄丟了，懊悔莫及，但是含有荒木老師親切心意的畫，永遠留在我眼中。

10月23日

昨晚招待冬香去下北的宮崎料理店，謝謝她告訴我很多宮崎的事情。這裡雖是連鎖店，但是掌廚的手藝比其他店高明。

大家吃著宮崎名菜，大口喝酒。

冬香那包著神祕面紗的人生，是來自於不黏人、反射性的獨立能力……，再次佩服宮崎的厲害。今日此時的Discovery Japan。

趕不回去的小紀，來家裡睡，咖啡凍興奮大鬧，在地板上滾來滾去，每次都忘記小紀已來住過幾次，都以嶄新的心情興奮大鬧。不會是隻笨狗吧……？

午餐去就像在輕井澤的TOLO PAN。

好吃、親切、幸福……，兼差的山西君後來會合。寂寞得在一起也難過。回家後也會一直哭得睡不著。可是，必須以笑臉相送。

10月24日

拓司和Giorgio過來小坐。

雖然只來兩個小時，心情卻像在旅行。

他們是不論身在何處都像在旅行的人，能夠長久交往，眞好，雖然沒談什麼特別的，也輕鬆舒暢。

去書店，打著蝴蝶領結、抽雪茄、戴眼鏡的大叔用超大的聲音向店員抱怨，Hirochinko大聲跟我說：「好像搞笑的短劇」，害我好緊張。

10月25日

院子裡來了兩個帥氣的園藝師，勤快地修剪枝葉。感覺好清爽。而且，有他們在，闖空門的和推銷員絕對不會來，於是安心地帶狗去散步。許久沒有的安心感。小時候的住家附近都有這種感覺，有可以信任依賴的人。

夏天時橫生直長的茂密枝葉變得相當清爽，感覺輕鬆。

10月26日

早晨起就一直哭，沒辦法。

過去八年間重複的平常日子，走到了最後。

感謝山西君。

山西君是啟程走向新生活的人，大概不會那樣傷心，只有留下來的人悲傷。

去**KOKOPELI**，得到美奈子的安慰鼓勵，身心紓解，回家。

小不點雖然像平常一樣和山西君玩，也哭了起來，低頭垂淚。

只有我是這樣悲傷，像個傻瓜。

我也說不清楚，山西君個人沒有一點問題，但是在各種意義上，我決心不能再重複這種事情。

我自己有很多感謝、悲傷，唱獨角戲的關係太多。

想把力量更集中儲存在自己身上。

10月27日

做羅夫按摩，能站得筆直，心也變輕了。

山西君和小雪在附近吃飯，一家人過去會合，歡樂的氣氛包圍下，可以帶著比昨天更開朗的心情道別。

我眞的不習慣離別。因爲生長在人們至死以前一直都在的環境中。我覺得大人除了死別，沒有離別。

又必須去做復健不可。

去年到今年，離別太多！旅人一樣的離別率。

10月28日

太極拳。積極運動身體後，非常爽快。

飽滿的午睡後，去參加林先生的聚會。

井澤君請客，去貴舟。是一家有禮、不標新立異、安靜好吃的餐廳，心想，竟然有這種餐廳。似乎感受到廚師的心意。

順路去KIKI，喝一杯後回家。能夠長年在銀座開店，媽媽桑厲害哪！那種放低身段、確實關注一切的本事。

見到井澤君，第一句話就問：「想過避難嗎？」他露出燦爛的笑容說：「啊！真的有人認眞談這種事呢！」心裡一陣痛快。而且，是井澤君獨有的這種痛快，懷念！

10月29日

在韓國錯過Mukshidonna的年糕鍋，懊惱之餘，上網各方搜尋，找到他們的食譜，買齊全部材料，煮出一鍋超級分量的年糕鍋，大快朵頤。暢快極了。

整體而言，都是心情鬱悶的傷心日子，因此，小小的幸福更讓人感到超幸福。

10月30日

和Hirochinko Papa去那須的旅館。

泡露天溫泉時，歐巴桑們喝著啤酒，眼前的溪谷，點點紅葉，我也點了啤酒，她們說：「果然羨慕吧！」笑嘻嘻地聊起來。每個人都感覺親切，面帶微笑，像在天國。

餐點也簡單好吃，兒童餐很難得的不是冷凍食品，溫泉也好，不貴，很久沒有靠溫泉充電了。場地之好以及人好所醞釀出來、無法形容的舒適氣氛。是平常就很用心的感覺嗎？

這家旅館常常客滿，爲什麼？理由已很清楚。

10月31日

就趁現在，坐纜車到山頂，超冷的。因爲冷，空氣極佳，景色非常美。Hirochinko Papa耍帥，打著赤腳。

然後去有名的美幸鬥雞拉麵店吃午餐，還去黑磯喝茶，意外遇到奈良君的太太！看起來精神不錯，爲她高興。最近去那須，只住一晚，又是和Hirochinko Papa同遊，一直沒見到面。

她和Hirochinko Papa組成的冷靜&自我步調&堅毅搭檔，最棒。

11月1日

Michael來事務所，簡單討論。

他比日本人還像日本人。

預感這幾年的種種糾紛將一舉解決。

可是，朋友突然傳來難以相信的悲傷消息，大驚。人和人可以那樣乾脆地分離！再怎麼說，方式都太過嶄新！因爲太驚訝，有點倉皇失措。

11月2日

和千穗認眞講電話，我說：「因爲這個夏天千穗失去了爺爺……，不行哪，要加人，所以伯父、伯母也走了。」她異常地接受這個說法，兩個人暫時超越時差，哈哈大笑，朋友、眞好……。

因爲Leiohu Ryder和美香來了，順路去Hula教室。懷念和美香去Kukuipuka神廟的情景。那時候果凍還在。和米可、千穗、順子一起環遊的茂宜島呦。時光無法倒流。

小不點會不停做出激烈有趣的事情，我有點緊張。例如正在尚美面前跳著激情的求愛舞蹈。

Kumu永遠美麗出眾，麻美在她身邊，做出許多有趣奇怪的評論，非常好的聚會。有像寂聽法師那樣的人在身邊，人生似乎輕鬆些。

在最痛苦的時候，有了解你的人聽你說話，多好啊。

大家只是跳Hula，都變美了，看到許久不見的人，好感動。本來就可愛的人，再敞開心胸，有如同變了個人似的美人度。

11月3日

今天去跳Hula。

因爲很專心，心情也開朗。站在Kuli老師的後面跳，比平常更有少女的情懷，多方感受心境的變化，幸福的心情。

看見獨自走夜路回家的Kuli老師，那太孤單的樣子，總是令我感動。那樣以舞蹈感動大家、教舞、認眞，然後獨自快步回去，感覺很帥。

歸途中，和順子、美奈去小酒館吃吃喝喝，度過很像女生的一段時間。

11月4日

和許久不見的小蘭吃飯。

以前一起吃飯時，我的孩子才一歲，常常不是帶著小孩，就是只有幾個小時的自由，完全聊不過癮，所以這次見面特別高興。小蘭一開口，就會被她可愛的聲音吸進去，我享受這很久沒感受到的神奇魔力。如果是男生，一下子也把持不住吧……。

小蘭說，她以前去過的車諾比村莊，經過了三十年，留下來的老人一直繼續耕種，鈽輻射源的半衰期也已減半，現在成爲世界少有的乾淨地方。我打從心裡想稱讚小蘭一直思考書寫這事的過人之處。

途中，一作先生進進出出，非常大人的聚會。

11月6日

去高千穗。

宮崎下雨。上次麻煩過的松葉來接我們，在雨中直奔高千穗。途中也參觀了貝殼棋子等……。

中午一起吃什錦麵。

松葉先大聲說：「這個什錦麵不行，難吃！」然後說：「給人請還說東西難吃，失禮了，可是這個很難吃！味道不對！」好可愛，討人喜歡。

旅館小巧乾淨，像感覺不錯的民宿。

和Hirochinko去看夜神樂*，打打瞌睡，笑一笑，愉快地回旅館，無事可做，於是又晃到漆黑的街上。有居酒屋還開著，喝一杯後散步。小不點和我都是很喜歡這種旅行夜裡喝一杯的酒鬼氣質。只有Papa不是這樣，有點可憐。

半夜，耳邊聽到陌生大叔的鼾聲，「嗄、有鬼？」原來只是牆壁太薄。

＊ 高千穗神社最著名的表演，每晚八點在「神樂殿」舉行。根據「日向神話」，描述如何以歌舞引誘日照大神，即太陽神現身，讓人間重見光明的歌舞。

11月7日

天氣超好。

在高千穗峽，我像個男人，划船載著一家人。划船的時候最幸福……。

接著去看高千穗神社、高天原等。

說結論，我不太喜歡天岩戶神社。雖然見仁見智。

而且，也很難相信眾神在那個河邊聚會……。

我爲什麼這樣說？是因爲古時候情況很好、如今場地已變形扭曲？或者只因爲我是不潔淨的女人？不可思議。

經由阿蘇前往熊本，到算是親戚老家的老店園田屋*，大買朝鮮飴。我喜歡柿球肥。

差不多十年沒見的人，久別重逢，笑語寒暄，也可以炫耀小不點，非常高興。雖然曾和那樣好的人度過一段時期，因爲生活方式不同而分離，但還是喜歡留在那裡的人，偶而見面，笑臉相向，完全無悔的人生啊。

---

* 九州熊本當地開業超過四百年的和菓子店，「朝鮮飴」和「柿球肥」都是店內招牌名產。
http://www.okashi-net.com/mall/sonodaya/

11月8日

和會計師商量後也得不到解決。

大概，我的想法太特殊。但是，也不能在這時改變，要貫徹到底。如果眞的不行，會自然結束吧。

和早川君、小星午餐。

好幾次好奇，「噯喲？這個人知道，很清楚。那是怎樣？這次的相遇。」

非常愉快，談得很投機，像是老早認識的三人組。很想哪一天一起去旅行，看看奇怪的東西！

11月10日

年紀輕輕步入文壇，許多長輩給我各種意見。

要穿絲襪，不，不要穿；要穿外套，不要穿；吃糙米，別吃；要化妝，不要化妝；尊重長輩，別不耐煩，等等。該買一棟漂亮的房子，不，租房子最好；爲了安全，旅行要住五星級飯店，不，廉價旅館最好。眞是沒完沒了。

大抵一個意見出來後，就有反對的意見，大家都沒惡意，只是，眞的沒完沒了。

我想怎麼做，這點才重要。但剛開始時搞不清楚，只能試著設法應付。重複幾次後，漸漸知道人家說「這樣不行哩」，知道不是「絕對不行！」、也不是「雖然不行但可勉爲其難」，而是適可而止的「這不行啊～」後，尊重而爲就好。即使會衝撞到別人。

「聽完歌劇或古典音樂，然後上高級餐廳享受美食」、「站在最前排，看亂撒髒東西的激情演唱會！」「經驗一下可以，但不能當作興趣啊」，這類的事情，拒絕或臨時爽約，什麼情況都有……。我的心情大抵穩定在「想趕快回家寫文章啊」。否則無法做這種低調的工作……。

去Hula，拚命跳舞（只能這樣形容）。

十年後，大家都不在一起了，肯定。可是現在每週能夠見面。看人跳舞，可以知道他最好的一面。跳舞，眞的很好。大家揮手道別時的笑容最美。不能共有什麼也好，人生觀和人生完全不同也好。只要此時此刻，能一起跳舞。

11月11日

非常嚴重的感冒。被小不點傳染的……！

可是，陰錯陽差地，變成獨自吃午飯，被店裡的人賞白眼，好慘。

賭氣地睡覺，晚上去看演唱會。很久沒看Metrofarce*了。田口和森若的樂團也很棒，但Metro最精彩。小與的聲音怎麼那麼美！我們拚命往前擠，跟著一起唱一起跳，樂不可支。而且，聽到「Dom Perignon, Noel, Santa Maria」時感動得哇哇大哭，和小不點抱在一起。多麼悲傷、多麼有名的曲子啊！小與塡詞的曲子，總讓我想起我認爲是世界第一美女的麻世……遇到那樣的繆思，小與果然厲害。

麻世的厲害，在於即使幾年不見，偶而想起那張臉時，心情仍像看到非常美麗的事物。好幾次這樣。我想，是因爲她的心很美。是獨一類型的姊姊型美女。

看到許久不見的人，很高興。

冷靜想想，Metrofarce的戲劇性演唱會很多，所以遊戲性的歌曲過多。一張專輯裡必定有兩首任何人都覺得好聽的名曲。那些都是品質之高難以相信的曲子，歌詞也沒話說，如果每次都鎖定名曲組合曲目，舉辦短短的演唱會，粉絲會一直增加吧。可是，他們喜歡即興演唱新曲的刺激，當時也有必須舉行新歌宣傳演唱會的限制等，條件似乎都是負面的。即使如此，他們還是非常優秀的樂團，希望他們繼續。我和阿巖在一起時，阿巖從來

＊ 日本八〇年代成軍的地下樂團，主腦伊藤ヨタロウ本身是音樂劇製作人及創作者，也參與許多電影及表演活動的音樂執導及演出。http://www.metrofarce.com/

不說樂團夥伴的壞話，令人感動。此刻，看著我家的小不點和阿巖家的小不點（已經很大了）站在一起看演唱會，眞好！

小不點理所當然地說我：「媽媽的前男友太多，但都是好人。」（笑）

11月12日

又感冒了。

可是，仍打起精神去逗子。

辦完一點事情，懶懶地看看海，去超市。

這樣做很重要呢，只要身在那裡就好。優閒的時間流過海邊。因爲大自然的力量比較強。

歸途，在惠比壽，吃了我們家固定點的阿夫利柚子鹽拉麵和OUCA冰品。

11月13日

感冒最高峰。幾乎不知道在做什麼。

不過！mother* 四十周年慶，不能不去，還去聽小與的歌。多麼忠誠的粉絲啊……！

我覺得他的歌和我的Kumu都是國寶。

千衣，恭喜你。眞的太好了，大家都愛的下北澤媽媽喲！

---

* 位於下北澤南口的餐廳，裝潢全是舊石器時代「繩文時代」風格。店主山崎女士取名「Mother」，一來紀念偶像披頭四，也感謝母親當年出資圓夢。http://www.rock-mother.com/info_m.html

11月14日

感冒還沒好！

雖然沒好，仍要積極取材。晚上是和韓國朋友的慶祝會。去吃韓國菜。但是那家餐廳的東西都是甜的！好甜！像泡在砂糖裡面那樣甜！每道菜都放了大量白糖。

不覺猛喝蔘雞湯。

因爲太甜，我預言「這家店的廚師絕對是皮膚白、臉色差的胖子！」親自跑到廚房一看，眞的是這樣。

11月15日

看完《黃金之風》*，好累……但是走遍義大利的我，還是因爲太了解書中的情況，感到特別興奮。圓形競技場眞的發生過那種事情，翡翠海岸（Costa Smeralda）的確充滿

＊ 荒木飛呂彥漫畫作品《JOJO的奇妙冒險》第五部的副標題，單行本共四十七卷，故事來到二〇〇一年的義大利。

了短暫的羅曼史，在拿坡里，黑手黨眞的都是年輕帥氣的小夥子，守護著千金小姐！

今後的人生，要和JOJO一起活下去！眞的好喜歡，沒有一點討厭的地方！

小星來家裡玩，聊了裝潢、風水、腰痛等許多。這個人眞的知道很多，感覺不可思議，一點也不覺得是剛認識不久。他也給我很多値得感謝的正確意見，非常愉快。

但是，我們家的咖啡凍太喜歡他，爲了表現這個心情，不時撲向他，輕輕咬他。

「不要咬我的腿！」

是！咖啡凍停下的時機也配合得好，超奇怪的。

11月16日

與平尾先生舉行好味燒聯歡。

笑個不停的快樂夜晚。

雖然還有感冒，但不在意。大家都覺得，如果上司像平尾先生那樣，大家都願意去他公司吧，如果有像平尾那樣的上司，誰都想跟他撒嬌鬥嘴吧。

小不點挨著平尾先生說：「社長～，來，我們兩個慢慢喝這葡萄酒吧！」怪哉？他哪裡學來的那種技巧和話語。媽媽不會啊。如果敢跟社長那樣說話，媽媽現在是大富婆囉！

11月17日

和有點像是親戚的人小聚。在白山新開的燒肉店。很像土肥之海的MENTZ，有點感傷。這些人不會再一起游泳了吧。非常不可思議。

但因爲快樂無悔，覺得此時正好。

因爲不知什麼時候會結束，因此，星空之下，從炒麵居酒屋回來的路上、在自動販賣機買罐果汁、回到房間、去泡湯的那段時間，才顯得那樣閃亮啊！

早晨起床、吃飯、喝咖啡，在大自然中盡情運動，傍晚回來，洗澡，工作，晚飯後喝一杯酒，洗澡，好好睡一覺。

大抵，這就是人生的基本、健康的祕訣。

11月18日

小敏從西班牙來，很晚才到，小不點緊挨著她，共享午夜的牛雜鍋。和小敏分手後，小不點發現忘了東西，於是叫Papa先回家，哭喪著臉回店裡找，店家收得好好的。親切的大哥哥們。下北的「地頭雞」是連鎖店，東西眞的好吃。廚師大哥哥都很和善。

母子倆輕鬆走著，泰國餐館的姊姊竟然向我們促銷薄酒萊！

不覺比賽喝起來，時間已是深夜，小不點更有精神，把媽媽大方說的話：「別那麼扭扭捏捏！想買是吧，馬利歐賽車！如果想買，不要小家子氣的跟媽媽討價還價！眞的喜歡的話，直接求我！」全都靜靜記下來。

順便提一下，根據育兒參考書《我家孩子爲什麼做不到？》*說，父母看當天心情改變承諾，似乎不好！

11月19日

淒風苦雨中，蓮沼以優秀的開車技術帶著小星醫生去我娘家。

以自然的心情看著許多事情大幅變化，在擔憂中決定各種事情。

總是在想，這個人眞的是不認識的人嗎？爲什麼這樣懷念？

想起去年的年底，和本田舉行的忘年會，順便去松永那裡，認識早川君，變成好友，短短的時間內急遽結下各種緣分。誰也沒有想到會變成這樣。的確是像賈伯斯說的「點與點的連結」。存心要連接點與點，反而連不起來。只知道還活著。

＊小笠原惠／著，原作二〇一一年由文藝春秋出版，繁體中文版由新手父母發行。

11月20日

房屋租給阿健，去江古田交鑰匙，去久違的POORHOUSE。重辣咖哩、粗食、義大利麵都好吃得不得了。懷念、不褪色的美味。尤其是義大利麵，是我認定的原點之味。

乳酪用得巧妙……。

還有，這裡的咖啡也是懷念的味道。某種咖啡店才有的味道。

傍晚，漫步在江古田，突然有種無法挽回的心情，想著以前爲什麼那樣過分，又覺得我到現在還是沒變，心情無法形容。

還有，愛吃的毛病難改，胖也無所謂，但又覺得該運動了（？）。

11月21日

有件非常驚喜的事情，突然開車前往京都。

還是因爲蓮沼說，你覺得可以的話，就去吧？

蓮沼，厲害哪……。

到達時已午夜十二點，和當地懷念的人會合，到居酒屋輕鬆喝幾杯。小不點說：「旅途中的夜遊最棒了！」眞令人擔心！

11月22日

今天去眞由美的工作室，謝謝「順利出書」，又去已經關門的doji house。隔了三十年。雖然是家好店……。

光是和眞由美在一起，就會想起自由是什麼。

從完全忘記的角度赫然想起。

大家喝了幾杯洋梨汁，依依道別。

然後去鞍馬溫泉，繞繞一乘寺附近，在將軍塚欣賞夜景。簡單看過打上燈光的知恩院後，去吃京都家常菜。

不知如何感謝眞由美才好。貿然來訪，她毫不介意，微笑相伴。謝謝了。

晚上，房間分配的結果，送小不點去蓮沼的房間，不愧是細長型的GRANVIA飯店，好遠好遠。穿著飯店的睡衣和拖鞋，途中碰到別人，很不好意思。「今天不能一起睡哪！」「好懷念昨天！」「明天會在一起！」和小不點依戀地邊走邊說。然後，獨自快步經過飯店走廊回房途中，想起《鬼店》、《驚變》，害怕極了。

但我還是好喜歡GRANVIA。有滿滿的回憶。櫃檯人員永遠非常親切，房間的感覺也很舒服。

11月23日

在非常非常懷念的平假名館吃午餐。同行的人很大聲地說：「只是老闆禿頭了，其他都沒變！」住口啊～。

順路去惠文社*，看著星依子那本蕎麥麵的書，在雙葉*排隊買務必要買的紅豆麻糬，大有收穫。

那家的麻糬爲什麼那麼好吃呢？只能認爲是魔法。

又花了七個小時回東京。

先回娘家，看看爸媽的樣子，然後才回家。好愉快的旅行。也看到很多紅葉！因爲來去匆匆，像在作夢。臨時起意的旅行，眞好！

11月24日

一路溜達去上Hula。

---

* 惠文社，京都知名的獨立書店。門市一邊販售店員精挑細選的書籍，一邊販賣文具及雜貨。http://www.keibunsha-books.com/
* 位於出町商店街口，一八九九年創業的和菓子店，招牌名「出町ふたば」（双葉）。

拿著我最不擅長的道具跳舞……。

雖然笨拙，卻跳得很樂，到這個年紀，已經不顧面子了。

大家一起吃飯，笑嘻嘻回家。和正在休假的尙美一起跳，好高興。

有的人跳了很多年，依舊無法成爲首席舞者（我本來就不同）。因爲弄痛了身體，或是忙碌、搬家、休假。他們是以兩個小時內盡己所能、看到彼此的舞蹈就像得到小小寶物般的心情而來，組成這一班，眞好！因爲培養心靈的，也是Hula。

11月25日

艾玲來東京，一起午餐。

和最愛吃擔擔麵的她去盡情享用擔擔麵。我們聊了很多。艾玲是那種只要她在、就能帶給別人力量的人。她知道這份可貴吧？心性美麗的女人。

喝過茶，道別時，胸口一緊，像在旅途中。

晚上吃迴轉壽司，然後回娘家，小小慶祝爸爸的生日。

11月26日

在Village Vanguard*辦簽書會，小不點幫我畫插圖，但畫的是負責書籍的那位太太的人像畫，不覺擔心他會變成什麼樣的人……！

今天也回娘家小聚。

偶然來了很多人，有點熱鬧。

十年前，我只覺得老人可怕，現在漸漸習慣。因爲自己也正接近老年。

11月27日

用製麵包機做糙米麻糬來吃，結果嚴重貧血。

果然！這東西會奪走鐵份。不能不講求對策。但是，好吃！一家人默默吃個精光。宇宙第一貪吃的我，死也離不開麻糬！

以前，宇宙第一貪吃的我，不會做我要缺席的飯菜。但現在會考量家計，不想浪費食材，即使晚上不在家吃，也會先做好晚飯。然後，試試鹹淡、嘗嘗味道，肚子也塡飽了，最後，外面的晚餐也吃！

＊ 主要販售動漫週邊、書籍、雜貨小物的書店，如今成爲擁有五百家分店的日本次文化潮流店，持續進軍男女特色服飾、雜貨，甚至美式漢堡店。

11月28日

和幻冬社的同仁及原先生去春秋。

怎麼這麼好吃呢？吃過幾次都一樣。店裡消費確實不便宜，但如果一年一次、在螃蟹時節以這有點傷荷包的價錢，享受這二十多年穩定不變的美味和服務，是物超所值！

聊著去京都時的回憶，一起吃飯。

喜歡初冬的我，每天心口都興奮抽動。

雖然最喜歡夏天，但在冬天，有醒來的感覺。

11月29日

和小紀在新橋約會。很久沒見，親密交談。聊了幾個鐘頭，因爲是下班時間，有開放感，很愉快。

去日本酒的餐館，人很多，但大家表情都很愉悅。這一點，最近在大關也感受到。不景氣確實嚴重，但比起前一段時期，買東西的人和吃飯的人，表情都有點生動了。

倒是不動產相關業者和計程車業界者的表情陰鬱。

這是什麼趨勢呢……？

12月1日

我眞的不是有錢人。沒有人招待，不會去高級餐廳。倒是被騙過幾次錢。讓人感覺我有錢、被利用弱點的情況也很多。大概是因爲我和年輕一輩吃飯旅行時，會有心多出一點錢吧。還有，一起共事後，我必定只接受工作中的正當招待。否則，感覺於心不安。

出於自我意志要這樣做，和別人抱著「和她在一起、因爲她有錢、會多出一點吧」的心態而接近我，這之間有微妙的差別。因爲有後者心思的人太多，甚至讓我覺得，人這種東西究竟是什麼?也不再在乎那種人了。但是，偶而也有心中存著借貸關係應該對等的人。遇到這樣的人，覺得活著眞好。

即使是一點一點地增加，也希望用心堅持對等而活下去。

Hula，都是很難的舞步，每一曲都跳不完全，但仍努力去跳。努力之後，和兩位美女去小酒館，喝酒聊天，得到充分的回報!

12月2日

接到難以相信的訃聞。

最驚訝的是，自己對那人感到如此深的關聯。是真正喜歡的人。遺憾。

雖然情緒消沉，還是去看預約的電影。《丁丁歷險記》。

畫面很精彩，可是沒有節奏，把沒什麼高潮的故事拍成驚心動魄的冒險，不愧是史蒂芬．史匹柏！

劇中人物的服裝顏色和質感非常寫實，震撼阿宅的心。

12月3日

還是不能不去，收拾好一切心緒，前去告別。

原先生一直陪著我，守護我，感恩。

平常服裝，沒戴首飾，在遺體前只是哭泣，哭得不能自持，讓人家老公扶著回家……以社會人而言，有夠差勁！

可是，那個美麗的人，肯定比誰都喜歡我那個行爲的，所以，不要緊。

看到遺體即知。她已不在這裡。她的美不是漂亮臉蛋，而是沒有一絲濁氣、非常純粹的心。

12月4日

跳蚤市場！

拿些東西去Taki、雅子和早希的店，瞬間，幾乎全賣給他們了……說不定，我家車庫單獨開一個跳蚤市場比較好？

小星帶著小女孩來，喝茶閒聊。小女孩眞的很可愛。說了惱人的話後微微一笑，叫人忍不住疼愛。

她和我們家的小不點感情不錯。

最後去吃地頭雞，還吃了火鍋。

後來，美雪她們來了，「俺家村」是個好地方。看見雅子提著非常重的東西回去，好感動，攝影師果然厲害！

看到大家在叫早希（Saki）的時候很有快樂的感覺，心想Saki這個音很好聽，Saki這名字也不錯，決定把作品的主角取名爲Saki，那個想法如今落實在「新潮」連載的Saki們的短篇小說集*裡，下一篇要寫什麼樣的Saki呢？

＊ 作者連載完即出版單行本，日文書名《さきちゃんたちの夜》，新潮社出版。繁體中文版即將由時報發行。

12月5日

去針灸後，突然多出時間，繞到中目黑的Punch，享受超過癮的午餐。每次看到老老闆舉起單手招呼「呦！」心中一熱。好希望這種誠實的昭和個人商店，能有辦法留下來。

12月6日

去拜拜。

神社擁擠熱鬧，啊，快過年了。

徹底除去一年的污穢，在稻熊家，大開生魚片、壽司、關東煮的派對。新婚夫妻、最棒英雄的神社假面騎士（臨時）也來了，熱鬧愉快。爸爸健康時的家裡，眞的是由衷感到安心的美好時期啊。最近才明白，家庭會有各種時期。

迷上稻熊家的美麗田地。從沒看過這樣的田地。雖然栽植緊密，但是感覺舒暢，毫無規則，卻很清爽，光是它的存在，就覺得身心清爽。果然，作品即是本人。

很久沒和家人在旅館度過優閒時間了，感覺心底的疲勞完全消除。晚上，和小不點共享零食時間。

假面騎士、馬利歐、JOJO……，什麼都好，有人認爲靠這些虛擬人物支撐心靈而生活的人很幼稚。可是，我不這麼認爲。在失眠的夜晚、心情脆弱的無助夜晚，陪伴在身邊的這些英雄，具有增加好幾倍那人力量的魔法。

我確信。

「小不點的DS的馬利歐和其他連結，是以後的電子書！」

PS也一樣。這個互動感、方便感、隨時可讀感。
電子書不是把書籍電子化。
怎麼沒有發現呢？這麼簡單的事情。
可是，任天堂的宮本先生早就發現了。

12月7日

找真由美出來，和家人一起逛京都的美麗風光。
吉田山上的咖啡館坐滿情侶。
小不點告白：「真由美，我們結婚吧！我喜歡真由美。」真由美說：「一到這家咖啡館，大家都會變成這樣～」超奇怪的。吉田山的美麗紅葉滿山遍野，讓我懷疑是生平第一次看到這樣多美麗的紅葉嗎？
一入夜，油然感到幽暗寂寞，是京都最迷人的地方。
期待明天早晨、白晝的光。這才是人的生活啊。

12月8日

和小舞午餐，借來JOJO的《飆馬野郎》全集。看的時候，服裝也不知不覺帶點西部風格了。出場的人物全都讓人直覺很臭，幾天後看到的噴肉霧的角色好像也臭。

但是我哭了。或許，這部作品是我最喜歡的一部。知道作者從徐倫等人萌生的次元世界、時間和善惡的想法又更精進了。

以故事的完成度而言，3以前已很優秀，4是寓言，5是讓不幸成長的人如何知道愛的優秀展開。

6以後的主題更大，目前還在這個架構中。

和JOJO們一起度過的這個月，眞的很幸福，價値觀也更穩固。人不該停止做人。在最後一線必定有退路，能發現那點的，是人。

頂著沒刷睫毛的素顏去上Hula。輕搓臉龐的幸福！因爲完全不會跳，遠處的小紀過來幫我打氣，再度爲她著迷……。

下課後，在衣物櫃間，洩氣地開玩笑說：「這麼不會跳，我已經放棄要當Hula老師了……」麻美說：「不知道你有那麼大的野心呢！」其實沒有！

12月9日

今年最後一堂太極拳。雖然因爲肌肉痛，姿勢完全拉不開，但還是邊看邊學、打完二十四式。越做越知道不行的地方，這點很有意思。

和JunJun老師吃過午飯和紅豆餅，道別。謝謝他這一年。沒想到自己是這麼想要運動，託老師之福，漸漸會動身體了。

12月10日

糟糕的一天。

在某一意義上，或許是這一生最糟糕的一天！

或許和扭傷腳去考試那天的糟糕情況差不多。

不過，還是設法度過了。覺得自己好厲害！

跟那個無關，接受小星的緊密治療後，腰部漸漸復原，嘗到能走的幸福、呼吸時不痛的幸福、拿重物時也不會哀號的幸福。

小不點留在小星家過夜。整晚和哥哥打馬利歐。眞厲害！

因爲看到美麗的月蝕，雖然日子糟糕，還是當作很好吧。

12月11日

要當馬可的貓咪們的保證人，和清水美智子一起去保護動物協會。

貓咪惶惶不安，看著心胸一緊。爲了他們，抱著兩個又大又重的籠子坐計程車趕來的馬可，也讓我心中一熱。多麼可愛的人……。

我把狗放在膝蓋上，他似乎在說「帶我回家」，好難過，很想把他們全部帶回家，但是想到家中的貓狗，做不到。現在只能好好照顧家中的貓狗，讓他們得享天年。

看見美智子把各種狗放在膝蓋上，更加成爲她的粉絲。

蓮沼有點心神不安，每次差點開上人行道時，美智子就說：「是因爲大明星在車上！」幽默極了。

12月12日

和下班的小紀去看《忌野清志郎》*。

正因爲龐大的來賓群中沒有人敢提「死」這個字眼，反而在心中一直隱隱感到「清志郎已經不在了！」這是一部把「感受到那種寂寞以及感受不到那種寂寞而思念清志郎！」的心情都交織進去的電影。不知爲什麼，看著看著，漸漸快樂起來。清志郎歌曲的動聽、生活方式的耿直、最燦爛時期散發的魅力，都是永遠的。清志郎展現出連死亡都超越的精神。那是最最精彩之處。

超寂寞的心情和積極的心情交融，那和現在的社會情勢相同。就和清志郎的歌一起生活其中。

在名店PREGO PREGO簡單進餐。生氣蓬勃又好吃、很像餐車的義大利館子，我最

* 忌野清志郎（1951-2009），日本搖滾歌王，誇張服裝舞台風格和唱腔，屹立樂壇三十年。淋巴癌病逝後，電影公司以他在大阪舉辦的傳奇演唱會爲名，由知名演員松隆子及眾多音樂人，結合大量過去演出畫面，拍攝出極具紀念意義的演唱會電影《忌野清志郎ナニワ・サリバン・ショ》，於二〇一一年年底上映。
http://www.presidio.co.jp/archive/nanisari/

喜歡，住家附近若有，更好！

然後，明明和蓮沼約好「在三越前面」碰頭，我卻大咧咧地在丸井前面等候……，還嘀咕著「來遲了~，怎麼搞的？」走到後面，又繞回前面，簡直像韓劇裡面錯身而過、見不到面的兩個人……，終於見到了，也沒接吻，只是被說「隱隱覺得你會這樣。」

12月13日

每次都是邊哭邊看韓劇《九尾狐的復仇》。因爲演出的人都很可愛。我是堂堂陷入韓流不拔的日本中年一婦人。

韓劇好看，是因爲他們超越了種種條件，裡面有我們童年時期的日本，韓星的體型緊實有力，不像現在的日本人那樣纖細脆弱。

我去首爾時，總是感覺得到，人還是像個人般生氣勃勃。城市接收人的能量而發光。而我們，已失去那個良性循環。要如何才能找回來呢？雖然時間不能倒流，但是一定能夠找回那個良性循環。

12月14日

晚上才要飛往夏威夷，白天忙著打包行李……非常興奮。

晚上，小郁來到，一起出發。

去時都是一眨眼就到，總是睡眠不足。遵照Taki的命令，看《全境擴散》，時機不巧，旁邊的人拚命咳嗽，害我心情很憂鬱。關於這部電影，我和千穗的意見一致是「葛妮絲．派特洛竟然會演那部電影……」。

千穗來接我們，去在惠比壽也有分店的小籠包店吃午餐，到無法形容的Hotel Renew（但我漸漸喜歡上了）check in，然後去拍照。米可幫我們照相，大家笑嘻嘻。

一起去老地方Duc's小館品嘗各種美食，度過幸福的時間。

12月15日

河田來了，千穗開車，一起北上。

中途在奎師那冥想中心*吃素食自助餐，因爲太好吃，即使沒有肉類也無妨。第一次經驗這事。以前去這種餐廳，都覺得「雖然好吃，但是缺少了什麼」。不愧是有歷史的奎

* 奎師那冥想中心，Hare Krishna Temple，隸屬於國際奎師那意識協會（簡寫ISCON，台北亦有分會）。作者指的是中心內的餐廳「Govinda's Under the Banyan」，每人餐費爲十三美金。
http://iskconhawaii.com/

師那。

千穗「素食雖然超級好吃，但是這樣買回青菜、切得細細碎碎，『以為可以吃了』，還又放入烤箱，讓人等得不耐煩。」

多麼坦白的心情！

繼續朝向北邊的Kualoa牧場，拍照，預約明天的活動。

我只想騎馬，千穗執著咖哩螃蟹，今晚就去吃咖哩螃蟹。去Mailan，店員的親切令人感動，盡情的吃。

12月16日

早起即往Kualoa牧場。

沒想到預約被取消了，只好先來一趟巴士之旅。

在海外工作的日本人做事怎麼那麼粗糙呢？

但是參觀幾個電影外景地後，心滿意足。想起《LOST》影集裡的各種場面，有點興奮。可是，導遊聲稱「××是在這裡拍攝」的地方，全都是草坪和山……，看來看去都一樣……。

然後去坐船，精神奕奕地看海和海龜，騎馬。

拍騎馬的照片，千穗拿著照相機騎在馬上，有點緊張，但是馬匹很乖，沒有問題。謝謝拿破崙號，載著很重的我走來走去。騎馬是一件很特別的事。是一種合力、信賴、委身的關係。

因爲剛看完《飆馬野郎》，散發一下愛馬的心情，或許不錯。

最後的晚餐是去12th Ave。這裡是永遠生氣蓬勃、非常溫暖的餐廳。來到這裡，可以實際感受美國人生活的感覺。

12月17日

參觀伊奧拉尼宮殿（Iolani Palace）*。

比想像中的簡素豐富，深刻感受夏威夷王朝眾人的品格。

啊、如我所想的人們住在這裡啊！

有著夏威夷拼布以及心靜之人氣息的辦公室，述說他們重視的是什麼。

在新開張的「維多利亞的祕密」買了褲子等，趕忙奔往機場。

---

* 伊奧拉尼宮位於美國夏威夷州的檀香山市，它是由夏威夷王國國王卡拉卡瓦所建造的歐洲風格式皇宮。是美國本土上現存唯一的皇宮。http://www.iolanipalace.org/

為工作來去匆匆夏威夷，但是每天有喝昆布茶，也騎馬，吃了咖哩蟹，還和河田優閒共度時光，眺望平靜的海，半夜和小孩吃馬鈴薯片，非常非常幸福。

12月19日

回程飛機上看的《竊盜城》，拍得極好，很感動。不愧是班．艾佛列克。寫實描述白人貧困階層的電影意想不到的少。強盜、殺人，那些人當然也有人際關係、悲傷和友情。每個人都有擺脫那種生活的要素。可是，從每個人的膚質、服裝和房間裝潢都可以實際感受到，那不是只從自己這一代開始的惡性循環，因此只靠個人，完全無力解決那份沉重。是這樣的一部電影。

12月20日

今年最後的取材。

要說什麼都無法好好說，眞的很不擅長訪問，也不習慣，就這樣四十七歲了。這個領域，終究是不拿手。

感覺好像三十五歲以後時間即停止，再想動起來時已是現在這個歲數。但是，能動起來，眞的很好。

感覺慢慢退出公開的工作、開始思考今後人生的時刻來了。年紀越大，越不想突出，想要低調。能夠的話，服裝、化妝也低調。我覺得那就是美。可是，我常常因爲太過低調而被問「爬山啊？」遲來的登山女孩?!

人如果能夠思考自己的事，就能獨當一面。能夠獨當一面，就能爲別人著想。該天眞的時候就天眞。但因爲那是每分每秒的戰鬥，所以人總是想要輕鬆，潛入自己的習慣中，重複同樣的事情，重複同樣的痛苦折磨。

不論如何，人生是艱難的。既然知道艱難，也就知道看到的藍天、溫暖的家、守在身邊的人是多麼可貴。將來有一天會和這些人分開。才知擁有此時此刻的幸福之大。

我不是過於天眞。而是明白這一切後的感慨太深。

12月21日

英語會話。雖然感冒頭昏，還是拚命用腦。

永遠善意熱心教學的老師們。很想有一天能一直用英語對話。所以明年也要努力。感謝揮手微笑直到最後的瑪姬。

和根本先生在KUROGANE開忘年會。小不點從各種角度逗弄根本先生，好笑不已，最後忍不住，把嘴裡的啤酒噴到Hirochinko的褲子上……。

小郁「我是頭一次看到吉本那樣能忍！」

12月23日

Kumu的演唱會。

Kumu、Kuli和Ayu都太美，心靈的美麗全都顯現在舞蹈裡，眞的很美。

小不點對尚美做了感動的求婚，但是看到Ayu的舞蹈後，轉向Ayu求婚，晚上，小紀來時，又轉向小紀，而且還說：「最後還是冬香好！」最最值得羨慕的人生。

12月24日

和小紀去只有行家才知道的餐館吃日式午餐，她出錢讓我抽JOJO的公仔籤，得到Giorno，然後去爆滿電車似的蛋糕賣場買了蛋糕回家。

我跟賣場的人說：「呃……我要抽五次……」，小紀立刻從皮包抽出三千日圓、像男人似的幫我付了……簡直像王子……不對，像國王吧？

但最震撼的是，旁邊那個人買了五萬九千日圓的公仔籤！

買了送小不點的電玩遊戲後，和小郁乾杯道別，在滿街的燭光中走回家。喝著Hirochinko得到的獺祭發泡清酒，度過美好的聖誕夜。我們是中年以後結婚的，切身知道孩子小時的家庭時間是多麼珍貴，多麼美好。

是傻瓜也好，只希望健康活著，大地震以後，愈發這麼想，重視全家的外出。雖然常常爭吵，但我相信，那個心情一定會傳到孩子的人生。

12月25日

一邊大清掃冰箱，一邊看韓劇，然後看驚險的「捕蟹！」節目，想著以後吃蟹的時候要感恩……，結果，家族的聖誕聚會遲到了！順子也遲到，嚴肅地吃火鍋。

順子漂亮、穩健、總是率先去做其他人嫌麻煩的事。但是那種坦率、正直和溫柔，很難評價。因爲太過穩健。她自己不知道，那樣的順子有點脆弱時的樣子最可愛。我深深覺得，能成爲順子伴侶的人，是能看到那一點的人，眞好。

12月26日

和貴子、千穗一起吃火鍋。

小不點和千穗曾在歐胡島搭檔唱歌跳舞，這時再次搭檔，更加熟練，兩個人站在店中唱歌跳舞的認眞模樣，滿感動的……。

貴子低聲坦白「我喜歡烤白菜……」，也很奇怪。

貴子在任何時候都能提供當場需要的東西，最快找到大家需要的東西。沒有居心和慾望，這就是眞正的專業吧。

讀了森博嗣先生送我的《貓之建築家》*，不是引人掉淚的內容，但不知爲什麼，我哭個不停。人生的時間有限，人的心卻無邊無際地飛翔。或許沒有別的書這樣切實寫出來。

12月27日

跑去IL RIFUGIO午餐，百合的車子陷在牆壁和柵欄之中，阿健百般設法。唔……，這兩人各自和我長期往來，但實際上他們是第一次見面。多麼超現實的光景……。結果，蓮沼代替駕駛，帥氣地把車子救出來。好神～！從沒如此敬佩一個人。每次看到蓮沼應付危機的能力，總是這麼想。

因爲是人氣店家，午餐的味道品質並未降低。

這是麗莎琵的頭腦和威逼氣勢（笑）、阿明大膽而細膩的料理、葉山的空氣和食材等等要素巧妙結合而成的店。藉著前記者阿健的優秀報導，可以清楚知道麗莎琵如何經營這家店。

麗莎琵在我那裡的時候，不管是聽著阿明惹人討厭的話語，還是盡心做著祕書工作

＊ 日文書名《失われた猫》，森博嗣／著，佐久間眞人／繪，繁體中文版／貓頭鷹出版社。

時，總是隨時隨地想著餐飲店。她相信，只要有體力，那是天職。

順便去百合家，大家享用甜點，和老奶奶閒聊，打電動，度過快樂的時間。老奶奶的辛辣言語是高潮！精彩到如果早早記錄下她和蓮沼的交鋒就好了。

晚上，收到鈴木媽媽送來的美味點心，超幸福。

提不起勁大掃除，一想到別人家媽媽做的點心在等著，立刻打起精神！

12月28日

今年最後一次去KOKOPELI。

阿關那非常努力揉搓按摩、和我身體對話的態度，讓我感激得彷彿痊癒了。小不點和小郁來接我，直接回娘家。姊姊過生日，蓮沼也同來慶生。Hirochinko捧著蛋糕趕來。大家一起吃馬鈴薯和河豚鍋，分享蛋糕，溫暖和平的夜晚。

12月29日

今年最後的針灸。

這八年來，第一個沒有因爲腰痛而睡不著的年，有種突破什麼的超級成就感。針灸還是好好做！漢方藥也要認眞喝！

今年也是滿腦子腰的問題、以腰的情況爲優先、被腰部支配的一年。連續做了一年的鄭多燕減肥運動，也做伸展運動，總算保住身材。明年想更加改善。

晚上和千穗、蓮沼、小不點趕去町田，在麻將聲中和會長寒暄，舉辦以中年女性爲主的女子會，大啖中國菜。我們都穿著印上千穗在學校創作的版畫的帥氣「會長T恤」。會長後來也換上，大家合照。幸福。

會長創造的空間乾淨得不需要空氣清淨機，每個人爽快俐落，眼神透明，傳達出「活著、那樣就好、就值得高興」的感覺。也不需要吃飯喝酒，只要來到這裡，大家都在。以某種秩序接觸人。因爲認眞打麻將，也因爲和會長同在，只要專心活著，沒有「明天、欲望、這麼做會怎樣」等等摻入的餘地。或許，走出那個場所一步，每個人的心中又抱著污濁濃膩的東西。但是，在那個地方，在會長面前，要有清爽做人的態度，這樣，不久也會改變他們的私生活。

小不點跟大家玩拳擊，差點打翻桌上的晚餐時，我說「打翻了怎麼辦？」今川笑說「到時再說！」非常愉快。

終於有點理解會長了。因此，我也希望長壽。看看說說各種事物，玩味和以往不同的每一天。我打從心底、眞的由衷祈禱會長平安無事。繼續祈禱。因爲沒有人那樣溫暖。

星空下，送走千穗。今年雖和千穗分隔遙遠，但總是覺得一直在一起。千穗，謝謝你。

12月30日

去給惠利看看。

能準確猜中很多事情，還能從頗有餘裕、非常溫暖的觀點給我建議的惠利。即使因爲那個才能，遇到再嚴苛的事情，也能繼續成長、繼續學習、閃閃發光的惠利。祝福你。

預感明年會是相當有趣的一年，心情開朗。

整理家務，做飯，一起看《九尾狐的復仇》，打瞌睡，光是這樣，也值得感恩。在震災和疾病之後，眞的這麼覺得。除了自己快樂，無能爲這世上、這世界做些什麼。因爲，那是比寫小說還尊貴的事。

12月31日

受到五十嵐三喜夫《I》的衝擊。因爲大家都說很厲害，心想肯定很厲害吧，果然眞的厲害。因爲太厲害，感覺要靠後來看的《冒險浮謎島》才取得心靈平衡。但是，鶴田老師畫的女孩爲什麼那麼美？也想過那樣的生活！

預感《JOJO LION》也是純愛大作，期待的續集作品很多，明年想必愉快。

打掃到最後一刻，去看一下KAPITAL的大拍賣，帶著炸蝦和甜甜圈回娘家。一邊搜尋在聖子演唱會現場倒數計時的小紀，一邊看紅白，然後巡迴附近的神社，新春參拜。

非常感謝全家一起迎接這個日記的結束。

明天會吃「貴舟」的美味年菜和姊姊煮的什錦年糕湯。

想要持續十年而開始的日記，要在這裡結束了。

今後，我會盡量繼續Hula，維持健康，吃美食，和朋友談笑、旅行、和動物一起生活，回娘家看望家人……，雖然每天有很多事情，還是會孜孜不倦寫小說。

雖然是自己每天生活的一部分，但要公開，還是有點難堪，幸虧大家溫暖地守護，才得以持續。

謝謝大家、和負責管理的鈴木。

似乎回到了低調普通的胖歐巴桑（雖然本來就是這樣）。

到了人生的折返點。年輕時候工作拚得要死，今後要爲家人和自己而活。不過，小說會比以前寫得更勤，隨時挑戰什麼。Twitter也會繼續，網站也會Po文章。

今後還請大家關照。

一起度過這個時代！期待大家在各自的領域創造美好的一年！

讀者來信

芭娜娜小姐，晚安！

我剛看完《王國vol.4：另一個世界》。因爲目前懷著身孕，能在這時候讀到大量含有父母對孩子的顧念和想法的文章，眞的很好。

時代如此，雖然沒有完全不想生小孩，但還是有對時代流向的恐懼，和即將做母親的不安。不過，看了這本書後，對未來、對自己和孩子，都有放開心情的喜悅。

我想請問，在有種種事件的現在，也會有孩子們有經驗固然不錯、但還是不要參與比較好的事情，或者陷入不必經驗也無妨的事情中，在那種時候，除了以父母、大人的立場守護他們之外，要如何做才能拉他們一把呢？

把芭娜娜小姐的書深深讀到心裡後，彷彿也能把那種心情傳給身邊的人。

或許這只是我的感覺。

透過這本書讓我們看到的事，眞的只有一句感謝感謝。

永遠感謝!!

（2010.06.06——pwani）

到了這個地步，我們只能活著過每一天。

我認為，孩子和自己的明天，是現在的孩子和自己創造的。

因此，我相信，那時候的事情，那時候的自己肯定會思考。

我會老實地表達我反對那件事。對我而言，假裝諒解是最糟糕的事。我也謝謝你。

（2011.05.17——吉本芭娜娜）

九月時，我做了一趟時隔七年的第七次巴里島烏布之旅。在重讀《瑪莉卡的長夜》時，看到了你的日記，知道「芭娜娜小姐正在烏布?!」興奮不已。我想請問，雖然旅行本就緊鄰著危險，但在緊張感和疲勞感中，仍需要留心和同行者保持若即若離，讓彼此都心情愉快嗎？

（2010.07.07——綾）

旅行的中途，大抵都會睡眠不足、身心疲累，因此，在那種日子盡量不要亂動，若非不得已，要特別小心。即使和同行者有所爭執，在旅途最後多半也會沒事，不用太在意。巴里島啊，人很親切，只須注意交通事故，扒手也要注意。因此，盡量製造保持清醒的狀態吧。

（2011.05.17——吉本芭娜娜）

連日暑熱。
每天熱得懶得做飯，沒辦法。
但我還是一邊看著《食記百味》，一邊努力做飯。
我和芭娜娜小姐一樣，想讓孩子遍嚐各國的風味，但是這份心思很難傳達。
已經6歲的現在，感覺更難了（小貝比的時候好像什麼都吃……）。
你有用心融合大人和小孩的口味嗎？
（2011.07.12——雫）

每天在一道菜中混入民族風味，讓他習慣……
旅途中不經意地讓他吃到……
回家以後也讓他吃……說，是那個回憶啊！
不知不覺就到了能吃泰式咖哩的8歲了！
（2011.05.17——吉本芭娜娜）

芭娜娜小姐，你好。
有一時期讀了太多你的小說，到了腦中想任何事情時都會變成「芭娜娜調」的程度。

現在，《喂！喂！下北澤》看到一半。因爲我在想，用自己想要的語言進行故事，如果能夠完成，不用閱讀、直接吃下去化爲血與肉，這樣多輕鬆啊。如果能把書用力按在皮膚上讓身體直接吸收，那該多好！這個想法，是我生平第一次。

因此，我的問題是，你在開始做什麼之前，想「啊、就這樣直接化爲一體！」的東西和人是什麼？

我養狗，和六個月大的女兒，我也從事作家（雕刻和珠寶）活動。

芭娜娜小姐一直給我支持。眞的，一直、一直、

我和芭娜娜小姐的文字一起生活。

（2010.10.16——晴子）

你好……，是《大白鯊》裡的羅伯・蕭。

我真的想成為大海的男人（有搞錯的感覺）！

那樣愛讀我的書，真的謝謝你。非常感謝。照顧動物和小孩雖然累，但請加油。我也努力中。

（2011.05.17——吉本芭娜娜）

芭娜娜小姐，初次打攪，我叫紗綾。

不久前，感冒快好時，在乾燥的地方時間若長，喉嚨雖然不痛，但聲音幾乎發不出來。突然想起《包頭巾》，重讀一遍。

這幾個月，我遠離鉛字，但《包頭巾》像飄落堆積的雪，深深滲入心裡。接著，愛上芭娜娜網頁裡的溫暖堅強字句。我想聽聽你對我最近一直思考之事的意見，所以寫這封信。

無法輕易放棄，和不勉強，這兩者有什麼不同？

我以前是以凡事忍耐爲座右銘，今年大學畢業，不適應現在的公司，壓力造成過去沒有的身體異常，每天都難過地想著這事。

信寫得很長，抱歉。

冬天來了，請芭娜娜小姐一家和身邊的人小心，別感冒了。

（2010.11.29——紗綾）

女孩子即使以悠哉、遊手好閒、馬馬虎虎等為座右銘，多半還是做得過多，所以，務必要保持遊手好閒。

我雖然是孜孜不倦型，但偶而會爆發。那種時候就猛睡。

聲音發不出來時，肯定會有獨特的想法。現在已是夏天，也願你有個愉快的夏天。

（2011.05.17——吉本芭娜娜）

我住在偏北的地方都市，出生在更偏僻的鄉村。快三十歲了，每天思考自己的未來（未婚，雖然從事自己喜歡的工作，然而是低收入的約聘員工），這些年，我重視的東西、今後生命中想追求的東西，都激烈搖擺不定，不能稱心。

具體而言，我感覺夾在有藝術文化的生活，和緊緊聯繫自己之根的鄉下生活之間搖擺。在外國（尤其是芭娜娜小姐喜歡的義大利等），這兩者可以並立共存。

在日本，那須和高知等這些創作藝術家進駐、具有文化性和大自然的地方也有增加。可是我住的鄉下，完全和文化隔絕，大家過著不追求藝術文化的生活（因此，沒有個性相投的人，上門談親的也都是留在地方的農家和繼承家業的單身男性，這讓我喘不過氣、頭昏腦脹）。

在日本，或許是不容易，但我眞的服了地方、特別是鄉下的文化度和精神成熟度之低。可是，我又不能拋下。

芭娜娜小姐生長、居住在東京，或許和這些關係很淡，但我很想知道，你認為日本和外國的鄉下有什麼不同呢？

還有，今後想對完全不需要藝術文化的鄉下做一點點文化的、心靈豐富的改變（這樣，外流的年輕人可能回歸吧），你如果有什麼想法，請告訴我。

（2011.01.16——ao）

這個心情，我非常了解。
我的想法是，只能到那須和長野一帶或附近鄉鎮的有志同仁經營的店裡工作吧。
或者，自己創業……，只是，現階段有這個煩惱的話，我認為還是先幫別人做比較好。
自己創業的人常會忍不住事必躬親，因此，如果具有可以忍受某種程度雇用的社會性，雖然薪資更低，但可以在自然與文化並立的每一天中生活。
我在東京，也是在特殊的地區成長，所以嚮往文化和時髦的世界，現在雖然已經回不去了，但仍依戀那個獨特的文化（如今在舊市區已經不存）。
我想，就是重視自己的根，同時開拓自己的人生。
（2012.01.13——吉本芭娜娜）

你好。
一直快樂地拜讀你的日記（當然也有小說！）
我想請問芭娜娜小姐對專心這個問題的看法。
我是做任何事情都會專心得忘了時間、完全忘記周遭事情的那一型，但也因此有損健康，忘記顧慮重要的人，在辦公室時，會有太過專心工作而沒發現電話鈴響的困擾，努力治療中。
可是，我最近感到疑問，這樣對嗎？

因爲生活雖然順利，但有種岔開自己、意識散漫的感覺。我看了很多人的書和言論，有人認爲「專心得忘記自己是好的」，也有意見說「任何時候都不應該忘記自己」。

芭娜娜小姐如何看待這兩種意見？如何取得這兩者的均衡？

每天忙著創作和育子的你，在創作時是什麼狀態？

如蒙回答，無限欣喜。

（2011.03.06——明日香）

我羨慕這一型人。

試著只要家人和幾個親朋好友理解即可，斷然專心工作吧。只有社會人才會想，稍微用點心在職場上。如果跨出一步，決定不要朋友、只有自己後，或許特別能忍受社會人的時間……。

如果先說「對不起，現在起兩個小時不接電話」，專心做出成果的話，應該漸漸行得通。

（2012.01.13——吉本芭娜娜）

芭娜娜小姐，你好。

四月十六日，我生下第二個孩子，是個女兒。我三十歲。老大也是女孩，完全吃母奶，去年九月（剛好滿兩歲）斷奶。本來想再讓她吃一段時間，但因爲知道懷了第二胎，醫院方面也建議，所以讓她斷奶。我想第二個小孩也完全餵食母奶。

我想請問，你的小孩也是完全吃母奶，現在八歲了，有什麼效果或成果嗎？喝牛奶也能長得健康，我身邊很少完全吃母奶的小孩……。我想知道吃母奶長大的小孩情況，所以寫這封信。

（2011.04.26——修娜）

非常健康……，幾乎沒有過敏，每天健康得煩人。

對經常到處移動的我來說，母奶最輕鬆方便，因為有不想在飛機上或泰國街頭消毒奶瓶、也討厭行李太多……之類的理由，不好說。

（2012.01.13——吉本芭娜娜）

芭娜娜小姐，你好。

每天都從你的小說、推特和banana bot上面得到不少助益。尤其是大地震後，即使在東京，每天也要被迫做各種選擇與決定，只靠自己的腦袋去想，真的好累。最近，好像能平靜下來，覺得倖存的東京也沒那麼壞了，謝謝你的療治。

我想請問，看了你的日記，覺得你看了很多書。我也想多方涉獵，可是看過後，會被那本書的氣氛吞噬，變得憂鬱，因而有時會害怕看書了。你有這種現象嗎？希望你能教我既能體會書的氣氛、也能好好保持自己的訣竅。

（2011.05.15——薰田）

我也有過，陷在書本裡面爬不出來的時候。

這個時候，看看電視，睡一覺，醒來後就忘了。然後習慣了。

我看電影更容易陷進去，看書已經習慣，也被鍛鍊得相當能撐。

反之，電影界的人習慣電影，會受書本影響的很多呢！

（2012.01.13——吉本芭娜娜）

午安。你的作品總是帶給我生存的勇氣，謝謝。

我很喜歡敏感、輕輕貼近身心、但不會太天真、也不會太放任的作品。

三年前，我的身體狀況失調，但現在已經恢復，比以前還要健壯。覺得生病是不能再敷衍以前一直敷衍的自己的表現。得到身邊的人大力支持，過著感恩的每一天。

我現在以按摩爲業。

如果能像你的作品那樣，以不放縱對方的謙虛努力支持對方的人生，該有多好。

這三～五年間，看過各種醫生（醫生、整脊師等），其中，有些人讓我感到，這個人有本事，人也好，但是驕傲。身爲按摩師，我不希望給顧客那樣的感覺。

能夠細膩描寫一個人的辛酸成長和死亡的你，在寫作時，會注意哪一點？是否有規範之處？

你的作品中，沉重的主題雖然很多，但總是有希望，最重要的是，永遠謙虛。

從你出道開始，我就是你的粉絲，也熱切期待你的最新作品。眞的期待你今後會寫什麼樣的作品。

（2011.05.16——rubi）

我時常想貼近時代。不是追趕流行，而是想為同時生活在這個時代的人盡一份心力。

如果那是真心，就知道自己的限界，因為知道限界，所以謙虛。

（2012.01.13——吉本芭娜娜）

晚安！

剛剛看完你的新書《身邊的寶貝》。好溫暖、幸福的感覺，流了好多眼淚。當然，是溫暖的眼淚。你對小不點的愛，傳達出對小孩子這種生物的普遍之愛，讓人感到非常安心。我也相信，小孩是讓人無條件去愛的存在，他們是一切都好的人。

我今年結婚，夫妻快樂恩愛。老公的價值觀和我相同，但有一件我怎麼也無法理解的事……，他喜歡恐怖電影（而且是殭屍系列）。芭娜娜小姐也喜歡。眞是難以相信。怎麼也無法了解那個意義。當然，我打從心底愛他，也知道我不可能喜歡他所喜歡的一切，但是我想理解一些……。於是，想請教你喜歡恐怖電影的理由。總覺得可以得到一個能理解的答案。拜託了。

（2011.07.03——吉岡望美）

我不是喜歡所有的恐怖片，而是喜歡Dario Argento，因此常看相關的片子。

為什麼喜歡呢？因為裡面有真實。

大家雖然生活平靜，但也可能隨機遇害。

有的人，言行舉止像人，惡的一面卻不時勝出……。

人性是什麼？恐怖片以極端的形式表現出來。

我不理解不愛恐怖片者的心情，無法回答，所以，你認為他「肯定像自己喜歡〇〇那樣得到恐怖片的支持」就好。

（2012.01.13——吉本芭娜娜）

芭娜娜小姐，你好。我是在東京從事ＩＴ相關工作的二十八歲女性。

我在網路書店買了《身邊的寶貝》，一看到封面，淚流不止。具有不可思議力量的圖畫啊！

我捨不得你的文章，一章重複看十次左右，才進入下一章。太幸福了，真的是邊看邊哭。

謝謝你。

我家的貓咪很喜歡書籤繩，我得拚命守住不讓他咬。

最近，那隻貓開發出新技巧……。

我在ＰＣ上工作時，他會突然跳到鍵盤上躺著，用貓掌的肉球打我的臉頰。

看來他是很想跟我玩而發揮出來的技巧。

雖然可愛，但偶而傷到臉頰，好痛。

你家的可愛小動物們有不可思議的技巧嗎？

（2011.07.19——KUMI）

小玉常常從椅子上倒掛下來，我都擔心他會不會腦充血？

還有，我的腳伸出棉被時，另一隻貓立刻伸出貓爪一攫，也很痛。

（2012.01.13——吉本芭娜娜）

芭娜娜小姐，初次打攪。

一直、一直看你的書!!這是第一次提問。

身為舊市區的女孩，寄送這種訴情書信一事的本身，就覺得相當不好意思……我是谷根千出身，33歲。

我小學五年級開始閱讀你的小說，曾在如今已不在的道灌山商店旁邊的創文堂書店買到你的親筆簽名書。

我的中學好友家裡賣酒，吉本家是他們的顧客。常常聽她說：「我爸一去吉本家，老半天都不回來。」（笑）

「吉本家很會喝酒呢！」

我只想問一個問題，你搬到谷中、根津、千駄木以外地區居住的契機是什麼？也請告訴我覺得可以離開的契機。

順便提一下，我出生後第一次離開老家，獨自住在神奈川，但不像愛谷中那樣愛當地。不愛當地是很難過的。芭娜娜小姐熱愛現在住的地方超過谷根千嗎？

（2011.08.02——廣田綾）

我的娘家還在那裡，因為常回娘家，並沒有真正離開的感覺。

現在住的雖然靠近三茶，但因為下北澤很像以前的舊市區，所以非常愛這裡。

兩邊我都喜歡，也住得高興，不過，因為老公工作的關係，大概不會再搬回舊市區了。

請代我問候矢部老闆的千金。

他現在還在做，總是笑嘻嘻的大叔，令人感動……。

我離開的契機是結婚，因為當時養很多狗，租屋的寵物環境特別糟糕。

（2012.01.13——吉本芭娜娜）

午安。

芭娜娜小姐寫的故事，自然舒暢地滲入心底，我好喜歡。看了你的書，心靈類的故事很多，感覺你一定是個不帶偏見去理解事物的人。因此，我有個問題。

我的男友也是毫無偏見的人，能夠直接接受一切事物。在那個延長線上，對社會一般迅即判斷是「可以信賴」之類的事情，都認爲是眞實而不懷疑。例如，他本來就被超科學、超文明、新興宗教、右翼陰謀論等吸引，非常認眞地去研究。但是，我在和他交往以前，很瞧不起那些東西。我瞞著他。既然以後要一起生活，我雖不想抱著不分青紅皀白一律否定的心情，但無論如何還是無法接受，非常困擾。

我認爲，每個人的想法和相信的事物不同，理所當然。可是要在不否定、不傷害對方的情形下表達「我不相信你相信的東西」，很難。

我想，芭娜娜小姐也是以實際感受選擇相信與否，而說「是這樣嘛」、「這個不同」的。可以的話，請告訴我，遇到難以接受的話題時如何應對才好？

（2011.08.18——凜子）

在對方強押意見以前，各自擁有自由的時間，不是很好嗎……？

如果對方強押意見時，說「我沒興趣、抱歉」就好。

我的朋友是共濟會迷，一談起相關的話題，他太太就很平常地對他說：「飯變得難吃了，別說了！」很有效。

（2012.01.13——吉本芭娜娜）

芭娜娜小姐，你好！

我是再過十五天就要告別一字頭的19歲女孩。我很喜歡你的書，書架上一大半都是你的書！高中時得了醫生嚴肅告知「要是遲來一天就死了……」的病，那時候也是你的書給我很大的幫助。謝謝你。《鶇》讓我哭泣。

我從病中復活、考上大學、學習看護。但身體沒有完全復原，對大學生活沒有自信，有點畏縮不前。我想請問，遇到沒有自信也不得不做的事情時你如何激勵自己？我現在好怕下學期的課業開始。

信寫得很長，失禮了，天氣還很熱，請多保重。
（2011.09.11——小田）

謝謝你。
或許，聆聽自己的體況、步調優閒地去做最好。
看護一職，工作現場比課堂上更嚴格。我不知道你的病是否完全痊癒，不敢隨便亂說，但覺得在今後的人生中，注意病況的同時，不要去做虛工比較好，能做的事情還很多，如果能完全治癒，最好完全治癒，以長遠的眼光來思考比較好。
（2012.01.13——吉本芭娜娜）

芭娜娜小姐
時常、眞的是時常，你的作品流過我心底。形成那道暖流的，是二十多年前、我那不能動的身體拚命閱讀記住的《白河夜船》、《海地公的最後戀人》、《湖》。因爲有你的作品，我才有今天。謝謝。
最後，請讓我問一個問題。
當你知道眞的很親近、照顧你的長輩有著難以痊癒的心傷時，你會怎麼做？

半年前，我在工作立場上和朋友改變關係時，有這個體驗。從那個人作品的高品質和平常的言行態度來看，知道他本人還沒有處理好自己的傷，所以無法成熟地療治別人的傷。

從那以後，我和他沒有好好談過。我自己也不知道爲什麼。可是，我在想，是不是該以某種形式還原那件事？但我不知道方法。如果是你，會寫成作品吧。我既然活著，就想做那件事，你若是教些方法供我參考，無限感激。

一想到今後只要活著、就能一直讀到你的作品，有積極活著的感覺。從許多痛苦中產生作品。謝謝你承受那些。愼重地閱讀，愼重地傳達。今後，即使一點點也好，請你繼續寫。謝謝你繼續這個網站。

（2011.11.10——裳子）

無人沒有心傷，創造作品的人多半是從治療自己的心傷開始動手的，所以，我覺得這是很平常的事。創作作品，不是不去碰它吧？

我即使看見別人的傷，也不會拿來當作主題而創作作品。因為，人心深處都是一樣的，如何對應？只有這個不同。

既然已認清了那個人，就只能平常地接觸，自己走自己的路。

這是對那個人唯一能做的事。

（2012.01.13——吉本芭娜娜）

午安，芭娜娜小姐。

昨天，我看了《甜美的來生》。在床上，和老公黏在一起分享溫暖，看到一半，實在放不下手，一口氣看完。裡面寫出各式各樣的愛，是看完後、拿在手上、自己會慢慢釋出溫暖的小說。

你在後記中寫著：「我只能針對因爲讀了我的小說能夠得救、變得堅強的少數讀者」。我就是那些讀者之一。我確實收到了。謝謝。我現在懷孕，即將臨盆，住在瑞士。

從3月開始，雖然遠離福島、日本，我還是擔心、哭泣、害怕、生氣，第一次懷孕＠異國，倉皇失措，感覺每天像衝在大大小小的浪頭上生活。

懷孕期間，雖然不像《甜美的來生》女主角那樣，但也處在不平常的懸空獨特狀態中。面臨第一次生產，我莫名有著即使死了也高興的心境。

在這個時候，讀到這本書，眞的太好了。

我想問，正月時還是要訂定一年的目標之類的東西嗎？如果你已決定２０１２年的目標，可以的話，請告訴我。

（2011.12.20——羽美）

很高興能幫得上忙。真的謝謝你。瑞士，真好……，可是好冷，祝你順產！

２０１２年會是很辛苦的一年，因此，我以「不說沒想到的事，設法度過這一年」為目標。

（2012.01.13——吉本芭娜娜）

後記

每次想到「因爲不能永遠繼續下去，所以隨時會停」時，心裡總浮現一事。

那就是「如果爸媽都死了，就不再寫日記，一切都放在自己心中靜靜回味。當我要寫時，也不是寫思念那些事情的連續歲月，只是乾脆地想寫而已。」

因此，在我寫這日記時，爸媽都用力（笑）活著，眞的太好了。

從二十歲起，大約三十年間，我自力更生，日日掙扎、抱怨，總算把對娘家人的隔閡減到零，產生愛與感謝，對我來說，這和寫小說有同等的價値。因爲覺得能做到這樣，那麼，做什麼都能成功。

我的小說不是我私生活的反映。

和我的散文也無相連。

那麼，它來自哪裡呢？我眞的不知道，但覺得私生活中體驗到的感情，只是貼切翻譯小說的過濾器。

我沒體驗過的感情，即使小說之神（之類的）要我「寫！」我也無法眞實寫出，所以保留。

那麼，是靈通（channeling）嗎？如果這樣說我，我會有點懊惱，雖然不能這樣說，但我仍是以相當類似的手法書寫的。

我在生活中，只要稍微懈怠「某件事」（這個絕對無法形諸言語文字。不是要保密，而是有像生活方式之類的某條界線），就無法寫小說。還有，在家的時間少、面對書桌的時間少，也不行。

雖然我好像是過著低調樸實人生、只爲寫作小說（是不太正確的日文、不是實際的故事、也難以界定領域的小說）而生的機器，但就像由紀紗織不後悔把人生獻給歌唱那樣（突然的寫實比喻，我也嚇一跳）！我也不後悔。

我想寫小說直到最後。

在寫作的空檔，我能重新認識原來的家人，組織家庭，非常幸福。

今後的人生，我想稍稍潛入地下，找回自己的步調。

因爲本書中也寫到，仍以過去的步調行事，對中年以後的人生太勉強。

爲了小說，我決定減去很多事情。

勤奮工作的體驗，我已數倍於人，夠了。我去過許多地方，看過很多比恐怖電影還可怕的恐怖人性。但是，我看了更多美好的事物。

人生值得活下去，關於人生，我還想寫很多。

Twitter和每月一篇的散文等，是以相當接近日記的人格文體寫的，所以我們還會以同樣的心情在很多地方相會。

發言支持這個日記的人太多，這是我十年來的動章。

謝謝。

山西源一君現在搬到遠處，但在寫這個日記時，他常來我家當保母，每次都給我看封面的原畫，感覺非常幸福而奢侈，謝謝。

一直細心負責這個系列的松家仁之、古浦郁，設計的望月玲子，謝謝你們。

也謝謝歷代的吉本事務所同仁。

還有，孜孜不倦幫我Po文、管理網站的鈴木，真的辛苦你了。今後還請多關照。

雖然道謝不盡，依然要感謝所有與我有關的朋友。

2012年2月

吉本芭娜娜

藍小說 827

生命中最重要的一年

作者—吉本芭娜娜
譯者—陳寶蓮
主編—嘉世強
編輯—邱淑鈴
封面設計—くろご
執行企劃—張燕宜、石瑷寧
校對—邱淑鈴、陳寶蓮
董事長
總經理—趙政岷
總編輯—余宜芳
出版者—時報文化出版企業股份有限公司
10803台北市和平西路三段二四〇號四樓
發行專線—（〇二）二三〇六—六八四二
讀者服務專線—〇八〇〇—二三一—七〇五
（〇二）二三〇四—七一〇三
讀者服務傳真—（〇二）二三〇四—六八五八
郵撥—一九三四四七二四時報文化出版公司
信箱—台北郵政七九～九九信箱
時報悅讀網—http://www.readingtimes.com.tw
電子郵件信箱—liter@readingtimes.com.tw
法律顧問—理律法律事務所 陳長文律師、李念祖律師
印刷—勁達印刷有限公司
初版一刷—二〇一五年七月二十四日
定價—新台幣三二〇元
⊙行政院新聞局局版北市業字第八〇號

國家圖書館出版品預行編目（CIP）資料

生命中最重要的一年 / 吉本芭娜娜著；陳寶蓮譯. -- 初版. --
臺北市：時報文化, 2015.07
面； 公分. -- (藍小說；827)

ISBN 978-957-13-6330-1(平裝)

861.67 104011905

ISBN 978-957-13-6330-1
Printed in Taiwan